Weitere 50 große Romane des 20. Jahrhunderts | Ilse Aichinger – Die größere Hoffnung • **Joan Aiken** – Du bist ich. Die Geschichte einer Täuschung • **Ivo Andric** – Die Brücke über die Drina • **Ingeborg Bachmann** – Malina • Sándor Márai – Lügen in Zeiten des Krieges • Anth... ...ruman Capote – Frühstück bei Tiffany • C... ...Das Buch von Blanche und Marie • Nurudd... ...- Narrenweisheit oder Tod und Verklärun... ...pe Fitzgerald – Die blaue Blume • **Nadine** G... ...Juan Goytisolo – Landschaften nach der Schlacht • **Lars Gustafsson** – Der Tod eines Bienenzüchters • **Joseph Heller** – Catch 22 • **Wolfgang Hilbig** – Ich • **Wolfgang Hildesheimer** – Marbot. Eine Biographie • **Bohumil Hrabal** – Ich dachte an die goldenen Zeiten • **Ricarda Huch** – Der Fall Deruga • **Brigitte Kronauer** – Berittener Bogenschütze • **Jaan Kross** – Der Verrückte des Zaren • **Hartmut Lange** – Das Konzert • **Carlo Levi** – Christus kam nur bis Eboli • **Javier Marías** – Alle Seelen • **Monika Maron** – Stille Zeile Sechs • **William Maxwell** – Zeit der Nähe • **Patrick Modiano** – Eine Jugend • **Margriet de Moor** – Der Virtuose • **Amos Oz** – Ein anderer Ort • **Orhan Pamuk** – Rot ist mein Name • Leo Perutz – Der schwedische Reiter • **Christoph Ransmayr** – Die Schrecken des Eises und der Finsternis • **Philip Roth** – Täuschung • **Arno Schmidt** – Das steinerne Herz. Historischer Roman aus dem Jahre 1954 nach Christi • **Ingo Schulze** – 33 Augenblicke des Glücks • **Winfried G. Sebald** – Austerlitz • **Anna Seghers** – Transit • **Isaac Bashevis Singer** – Feinde, die Geschichte einer Liebe • **Muriel Spark** – Memento Mori • **Andrzej Stasiuk** – Die Welt hinter Dukla • **Marlene Streeruwitz** – Verführungen. • **Kurt Tucholsky** – Schloß Gripsholm. Eine Sommergeschichte • **Mario Vargas Llosa** – Lob der Stiefmutter • **Robert Walser** – Jakob von Gunten • **Franz Werfel** – Eine blaßblaue Frauenschrift • **Urs Widmer** – Der Geliebte der Mutter • **Christa Wolf** – Kassandra • **Virginia Woolf** – Mrs Dalloway • **Stefan Zweig** – Maria Stuart **| Ausgewählt von der Feuilletonredaktion der Süddeutschen Zeitung | 2007 – 2008**

Süddeutsche Zeitung | Bibliothek
Lese. Freude. Sammeln.

Die komplette Bibliothek mit allen 50 Bänden gibt es für nur 245,- Euro.
Das sind nur 5 € pro Buch. Den ersten Band erhalten Sie gratis.
Erhältlich unter Telefon 01805 – 26 21 67 (0,14 €/Min.),
unter www.sz-shop.de oder im Buchhandel.

Hartmut Lange

Das Konzert

Hartmut Lange

Das Konzert

Novelle

Süddeutsche Zeitung | Bibliothek

Bibliografische Information der Deutschen Nationalbibliothek
Die Deutsche Nationalbibliothek verzeichnet diese Publikation in der
Deutschen Nationalbibliografie.
Detaillierte bibliografische Daten sind im Internet über
http://dnb.d-nb.de abrufbar.

Der vorliegenden Ausgabe liegt die Textfassung der Originalausgabe
des im Diogenes Verlag erschienenen Buches zugrunde.
Lizenzausgabe der Süddeutschen Zeitung GmbH, München
für die Süddeutsche Zeitung | Bibliothek 2007
© 1986 Diogenes Verlag AG, Zürich
Alle Rechte vorbehalten
Titelfoto: 2005 Getty Images
Autorenfoto: Jürgen Bauer/SV-Bilderdienst
Klappentext: Dr. Harald Eggebrecht
Gestaltung: Eberhard Wolf
Grafik: Dennis Schmidt
Projektleitung: Dirk Rumberg
Produktmanagement: Sabine Sternagel
Satz: vmi, Manfred Zech
Herstellung: Hermann Weixler, Thekla Neseker
Druck und Bindearbeiten: Ebner & Spiegel, Ulm
Printed in Germany
ISBN 978-3-86615-520-6

1

Wer unter den Toten Berlins Rang und Namen hatte, wer es überdrüssig war, sich unter die Lebenden zu mischen, wer die Erinnerung an jene Jahre, in denen er sich in der Zeit befand, besonders hochhielt, der bemühte sich früher oder später darum, in den Salon der Frau Altenschul geladen zu werden, und da man wußte, wie sehr die elegante, zierliche, den Dingen des schönen Scheins zugetane Jüdin dem berühmten Max Liebermann verbunden war, schrieb man an die Adresse jener Villa am Wannsee, in der man die Anwesenheit des Malers vermutete.

Aber Liebermann lehnte es ab, Frau Altenschul, die er jeden Abend besuchte, Empfehlungen zu geben. Er bewohnte sein Atelier am Pariser Platz Nummer sieben und malte. Er stand mitunter stundenlang vor der Staffelei, dann nahm er endlich den Kneifer, nachdem er Palette und Pinsel auf einem Tisch, auf dem eine Karaffe mit Wasser, eine Schachtel Zigarren und eine Schale aus chinesischem Porzellan standen, abgelegt hatte, trat wieder vor die Leinwand, betrachtete alles eingehend – und blieb mißmutig. Wie sehr er sich auch bemühte, jene glücklichen Augenblicke wieder zu erreichen, in denen er gelebt und seiner Arbeit zugestimmt hatte, jetzt langweilte er sich, wie er überhaupt, ganz im Gegensatz zu Frau Altenschul, nicht wußte, ob er dem Zustand des Todes etwas Wünschenswertes abgewinnen konnte. Er war nun ein für allemal erlöst, nicht mehr an das Leben gefesselt. Er konnte, wie vollendet er auch die Farben setzte, dies nicht als Ergebnis einer Not, einer quälenden, vorwärtstreibenden Ungewißheit geltend machen. Warum also sollte er malen!

In dieser Stimmung verließ er oft sein Atelier und ging in Richtung auf das Berliner Schloß hin. Für ihn war die Gegend, die man Unter den Linden nannte, noch in dem Zustand, den er vor Augen gehabt hatte, bevor er gestorben war. Aber er hatte auch, und dies ist das Geheimnis der Toten, den Blick für das Gegenwärtige, und so sah er gleichzeitig, daß es dieses Schloß nicht mehr gab und daß man an eben jenem Platz, auf den er sich zubewegte, eine Monstrosität aus Glas und Beton errichtet hatte. Er blinzelte, nachdem er das Zeughaus hinter sich gelassen hatte, in die aufgehende Sonne, die sich in dem Glas des neuartigen Gebäudes spiegelte. Er war befremdet über die Art, mit der die Lebenden das Maß des Augenscheinlichen ganz und gar unbeachtet ließen, war aber außerstande, sich darüber zu entrüsten. Den Passanten, die an ihm vorbeihasteten, ging er aus dem Weg. Die Automobile, die ihn, als er die Straße überquerte, fast streiften, waren ihm gleichgültig. Er war nur bemüht, nicht vor die Räder zu geraten, obwohl ihm auch dies gleichgültig hätte sein können. Und so gab er den Anblick eines alten Mannes, der langsam, mit äußerster Gelassenheit, inmitten des Verkehrs, zögernden Schrittes, wie ein Spaziergänger, über den Asphalt ging, seine Blicke mehr aus Gelegenheit als aus Neugierde hierhin und dorthin lenkend. Das weiße Sakko stand ihm weit offen, so daß die Weste zu sehen war, die, ebenso wie die enggeschnittene Hose, eine unbestimmte dunkle Farbe hatte. Über den schwarzen Lackschuhen trug er hellgraue Gamaschen, und obwohl er den Kragen seines Hemdes geschlossen hielt, fehlte die Krawatte. Er unterließ es in letzter Zeit, in diesen Dingen besonders korrekt zu sein.

Als ihn die Sonne störte, kehrte er ihr den Rücken zu und überlegte, ob er den langen Weg zum Anhalter Bahnhof wagen sollte, um dann, auf dem Rückweg, über den

Leipziger auf den Potsdamer Platz zu gelangen, den er besonders liebte.

Eine Stunde später stand er vor der übermannshohen Mauer aus Beton, auf deren Scheitel sich eine Röhre befand, die den Lebenden das Übersteigen unmöglich machen sollte. Er spürte unter seinen Füßen einen Rest Kopfsteinpflaster und etwas Metallenes, das eine Straßenbahnschiene hätte sein können, und betrachtete den Platz, den man eingeebnet hatte. Er kannte die Gegend noch aus der Jahrhundertwende, als hier Pferdebahnen fuhren und das Palast Hotel den Eindruck des Pariserischen vermittelte. Und so sah er gleichzeitig einer längst vergangenen Szenerie zu, sah Kutschen, als wären sie ineinander verkeilt, und wie die Pferde, als müßten sie alles wieder entwirren, auf dem Pflaster hin und her tänzelten, sah ungewöhnliche, ganz aus der Mode gekommene Gestalten in Gehröcken und stoffreichen, mit dem Saum fast die Erde berührenden Kleidern, dazu melonenartige Hüte und kreisrunde, nach vorn geneigte Gebilde, die mit Imitationen, Früchte darstellend, oder mit Federbüschen überladen waren. Über allem aber schien die Sonne und ließ, was er sah, das Gegenwärtige und das Vergangene, in unwirklichen, einander widersprechenden Farben aufscheinen, so daß ihm Zweifel kamen, ob es ihm je möglich gewesen war, diesen Augenschein, der ihn überwältigte, auch wirklich zu malen.

2

Merkwürdig: Obwohl Frau Altenschul sich außerhalb der Zeit befand, saß sie doch jeden Abend vor dem Spiegel ihrer Toilette und bedauerte, daß die Fältchen in ihren Augenwinkeln, die sie so sorgfältig mit Salben behandelte, unübersehbar blieben.

Es war Mitte Oktober. Die Tage wurden nun endlich kürzer, und da sie die Gewohnheit hatte, schon vor Beginn der Dämmerung die Kerzen anzuzünden, jene prächtigen Kandelaber, die dem Salon und von überall her auch dem Badezimmer genügend Licht gaben, war sie genötigt, sich der Samtvorhänge zu bedienen, die dann aber nachts, wenn der freie, kalte, lichtlose Himmel über der Villa stand, wieder zurückgezogen werden mußten. Denn den Himmel wollte sie sehen und die Krähen, die in den abgestorbenen Kronen der Eichen schliefen und die immer wieder auftaumelten, als würde das künstliche Licht der Stadt sie erschrecken. So stand sie mitunter stundenlang am Fenster und sah nach Westen auf den Tiergarten hinaus. Den Blick nach Osten aber, dorthin, wo die Voßstraße in der Wilhelmstraße endete, mied sie.

Von dort her, sagte sie oft, käme das Böse, »und« fügte sie hinzu, indem sie mit dem Finger auf jenen scharfkantigen, halbzerstörten Bau wies, der die beiden Straßen miteinander verband, »ich bin froh, daß jener dort« (und sie nannte seinen Namen nicht) »ein für allemal daran gehindert wird, seinen Palast wieder zu betreten. Professor Liebermann«, sagte sie und schloß den Vorhang rasch, als könnte sie den Anblick nicht länger ertragen, »Professor Liebermann«, sagte sie, »es ist mir unbegreiflich, warum Sie auf Ihrem Weg vom Brandenburger Tor bis hierher immer wieder an diesem Ort vorbeigehen, obwohl es über den Tiergarten kürzer und bequemer ist.«

Dies geschah nachts. Am Tage aber, wenn man die Gegend, in der Frau Altenschul residierte, aufsuchen wollte, wurde man am Betreten der Voßstraße gehindert, ja sie existierte nicht mehr, ein Umstand, der für Frau Altenschul allerdings unerheblich war. Sie hatte die zweistöckige Villa aus rotgelbem Ziegel, deren hohe, tempelähnliche Fenster an die Zeit Schinkels erinnerten und die bis auf den Eingang mit der Säule, die einen Pfau trug, vom Kriege niedergerissen worden war, sie hatte jene Ruine, über die schon der Efeu wuchs, wieder herrichten lassen und hatte auch das Interieur, das man nach ihrem Tode geraubt und in einem Magazin gelagert hatte, zurückgefordert, so daß alles, was ihr lieb und teuer war, bis auf eine Vitrine von Guimard, an der sie besonders hing, obwohl ein Teil der Intarsien fehlte, wieder an seinem gewohnten Platz stand. Und auch die Villa stand unversehrt, aber für die Blicke der Lebenden unsichtbar, wieder da, und Frau Altenschul gab, wie sie es vor ihrem Tode gewöhnt war, Abende in ihrem Salon. So auch an diesem Donnerstag im Oktober.

Sie hörte, nachdem Liebermann mit ihr geplaudert und sie wieder allein gelassen hatte, endlich jenes Stimmengewirr, das ihr vertraut war, denn nun, nach dreiundzwanzig Uhr, dies war die Zeit, die sie auf ihren Einladungen erbeten hatte, versammelten sich die Gäste. Liebermann übernahm die Aufgabe des Hausherrn, und Frau Altenschul war immer noch mit ihrer Toilette und mit den Unabänderlichkeiten ihrer Jahre beschäftigt, als ein »Ah« und »Oh«, eine freudige Erregtheit aus der Halle zu hören war. Offenbar war jemand eingetreten, den man besonders willkommen hieß und der, dies mußte Frau Altenschul aus der Art der Begrüßung schließen, noch niemals, zumindest nicht nach seinem Tode, ihre Villa in der Voßstraße betreten hatte, und da der Beifall, der den Neuankömmling über die Treppe hinaus bis in den Salon begleitete, nicht aufhören wollte, legte sie den Spiegel aus der Hand und trat auf den Flur hinaus, um zu sehen, über wen man sich derart echauffierte.

Sie war kurzsichtig, aber doch imstande, einen jungen Mann zu erkennen, der in der Nähe des Konzertflügels stand, die linke Hand mit einem Ausdruck leichter Verlegenheit erhoben, um den Beifall abzuwehren, und sie sah, wie er lächelte, ein sonderbares, auf äußerste Zurückhaltung bedachtes Lächeln, das aber die Grenze des Mutwilligen erreichte und dem man sich, besonders wenn man wie Frau Altenschul leicht zu irritieren war, nicht entziehen konnte.

»Lewanski«, rief sie, »Sie spielen wieder! Und Sie haben sich entschlossen, nach Berlin zurückzukehren! Dafür muß ich Sie umarmen.«

Eine Stunde später, nachdem man gegessen hatte und von dem Kaffee trank, den Frau Altenschul in einem Service aus Sèvres hatte servieren lassen, saß Lewanski am Flügel und spielte Chopin.

›Er trug nie eine Brille‹, dachte Frau Altenschul, ›oder habe ich es vergessen.‹

Und sie wunderte sich, daß das goldene Drahtgestell, an dem sie keinen Gefallen finden konnte, seiner heiteren Konzentration keinen Abbruch tat, im Gegenteil: Lewanski, der aufrecht saß und die Arme mit fast durchgedrückten Ellbogen gegen die Tastatur hin ausstreckte, dessen dunkelblondes, etwas zu lang gehaltenes Haar immer wieder über die Schläfe hinaus in die Stirn fiel, so daß er genötigt war, es mit einer raschen Bewegung des Kopfes zu bändigen, Lewanski wirkte durch die Brille wie ein Kind, das gezwungen wird, seine Ungebundenheit für Augenblicke auf einen Punkt zu richten, um so aus dem Zwang jene Freiheit entstehen zu lassen, die Frau Altenschul als Musik, ach als unwiderstehliche Musik genießen durfte.

Denn Lewanski spielte die zwölf Etüden aus dem Opus 25, brachte das Allegro, das Presto, das Agitato, das Vivace fast ohne Pausen, wie ein metaphorisches Gebinde, vor die Ohren seiner bewundernden Zuhörerschaft.

›Was für eine bezaubernde Willkür‹, dachte Frau Altenschul, aber schon änderte sich der Eindruck. Lewanski spielte das langsame cis-moll, vielmehr: Er versuchte es. Er ließ den abrupten Tempowechsel gelten, ja er verfiel, obwohl er der melodischen Kontur besonderen Nachdruck verlieh, in eine solche Langsamkeit, ließ die Spannung eines derart unmöglichen Spiels so sehr anwachsen, daß man meinen konnte, es stocke ihm aus allzu großer Empfindsamkeit der Atem. Dann brach er plötzlich ab, saß unbeweglich da, starrte auf die Tastatur und sagte:

»Litzmannstadt.«

»Um Gottes willen«, sagte Frau Altenschul, »was haben Sie!«

»Litzmannstadt«, antwortete Lewanski, begann wieder zu spielen, zögernd, als wäre er genötigt, da er seinem Können nicht mehr vertraute, das Andante herbeizusuchen, brach aber erneut ab, erhob sich, verbeugte sich leicht gegen seine Zuhörer, und seine Untröstlichkeit war, obwohl er lächelte, unübersehbar.

»Ich bitte um Entschuldigung«, sagte er. »Sie hören es selbst: Um dies spielen zu können, sollte ich erwachsen sein. Man hat mich zu früh aus dem Leben gerissen.«

Man schwieg. Und das Einverständnis derer, die alle auf irgendeine, aber immer gewaltsame Art gestorben waren, wirkte wie eine feierliche Zustimmung, obwohl niemand in dem Salon die Empfindsamkeit Lewanskis gegen sich selbst, die traurige Gewißheit, mit der er sein Talent nicht gelten lassen wollte, teilte.

»Warum spielt er nicht weiter?« fragte Liebermann etwas zu laut. »Und«, fügte er hinzu, »was heißt Litzmannstadt.«

»In Litzmannstadt«, sagte Frau Altenschul kaum hörbar, »dem eigentlichen Lodz«, und Liebermann mußte ihr den Kopf zuneigen, um sie zu verstehen, »in Litzmannstadt«, sagte Frau Altenschul, »hat man ihn aufgegriffen und noch auf dem Bahnhof, von dem er fliehen wollte, erschossen. Er war achtundzwanzig Jahre alt.«

»So«, sagte Liebermann und betrachtete Lewanski, der immer noch lächelnd dastand, ganz ungeniert. Er war voller Wohlwollen, gleichzeitig aber irritiert, daß auch jenem, den er so eingehend betrachtete, etwas passiert war, das sich seinem Verständnis durchaus entzog. Er spürte ein Unbehagen darüber, daß er in diesem Kreis der einzige Jude war, der sich nach einem glücklichen und langen Leben seinen Tod fast herbeigewünscht hatte, und er ertappte sich dabei, daß er aus ebendiesem Unbehagen, das er zu überspielen versuchte, zu schroff war, als er sagte:

»Dann soll er sich nichts daraus machen. Er ist wieder in Berlin, und hier wird man ihn feiern.«

3

Einige Tage später bat Frau Altenschul Lewanski zu sich, kam ihm aber, als er die Treppe betreten wollte, entgegen.

»Heute will ich Ihnen den Tiergarten zeigen«, sagte sie. »Sie sollen sehen, wie prachtvoll der Rhododendron steht. Und wenn wir uns ruhig verhalten, schrecken wir die Enten nicht auf.«

Er bot ihr seinen Arm, bemerkte, daß sie ihm kaum bis zur Schulter reichte, und so gingen sie die paar Schritte bis zum Potsdamer Platz und darüber hinaus die Bellevuestraße entlang, und hier begannen die hohen Bäume. Es waren Buchen und Linden, darunter solche, denen man die Kronen weggeschossen hatte, in der Nähe der Gräben aber, auf den Inseln, die man über Brücken betreten konnte, standen Pappeln, hundertjährig und ganz unversehrt, und sie schienen mit ihrem Geäst den Himmel einzusäumen, der bedeckt war, und der nasse Wind, der ständig die Richtung wechselte, nötigte Frau Altenschul, ihr Cape enger zu ziehen. Sie fror, aber es war ein Zustand ohne Bedeutung, ja die Schauer, die ihr über Arme und Rücken gingen, waren angenehm, und sie sah, daß auch Lewanski ohne Hut und Mantel in einem leichten Jackett, den Hemdskragen geöffnet, sich diesem Wetter gern aussetzte.

Sie wollte ihm etwas sagen, aber sie mußte sich eingestehen, daß sie zu befangen war, um ein Gespräch zu beginnen, und ein Gefühl, fast so etwas wie Genugtuung, überkam sie darüber, daß sie mit diesem Mann, den sie vor fünfzig Jahren das erste Mal in der Philharmonie gesehen hatte, als man seine Klavierkonzerte zu feiern begann, und der, obwohl sie mit fiebernder Erwartung immer wieder Billetts an ihn abgeschickt hatte, nur einmal und, wie sie sich erinnern konnte, für eine flüchtige halbe Stunde in ihrem Salon erschienen war, daß sie mit diesem Pianisten, der immerhin um dreißig Jahre jünger war als sie, nun, nachdem die Zeit sie freigegeben hatte, in fast vertraulicher Nähe spazierenging. Sie wußte, daß Lewanski ruhelos war und jene Jahre nicht vergessen konnte, in denen er sich verstecken mußte, immer auf der Flucht und immer darauf hoffend, es könnte ihm doch noch gelingen, seinen Mördern zu entkommen, und daß er, da er am Leben so sehr hatte erschrecken müssen, auch dem Zustand des Todes mißtraute. Er gab in Prag und London private Konzerte, blieb nie länger als ein, zwei Tage, wußte auch keinen Ort, an dem er hätte verweilen wollen, und nun war er in Berlin, und Frau Altenschul wagte kaum zu hoffen, daß er länger bleiben würde, als dieser Spaziergang dauerte.

Sie überquerten eine Wiese. Lewanski war bemüht, das Gleichmaß ihrer Schritte nicht zu stören, sie ging leicht, die hochhackigen Schuhe, die sie trug, nötigten ihr einen raschen Gang auf, aber er wurde, je länger sie in der Dunkelheit schwiegen, unruhig, ließ ihren Arm frei und ging zuletzt, als die Sicht enger wurde, weil sie die ersten übermannshohen Sträucher erreicht hatten, wie jemand, der nicht wußte, ob er den Dingen um sich her vertrauen durfte. Er hastete an ihnen vorbei, als wollte er sie hinter sich lassen.

»Aber der Rhododendron«, sagte sie und versuchte, seinen Arm wieder zu fassen, »ich wollte Ihnen den Rhododendron zeigen!«

Er blieb stehen, das Haar wurde ihm aufgeweht, hinter seinem Rücken, dort, wo ein Graben derart mit Wasser überfüllt war, daß es seine Schuhe erreichte, flogen drei, vier Stockenten hoch. Er zuckte unter ihrem Flügelschlag zusammen.

»Sie müssen nicht erschrecken«, sagte sie. »Es gibt in dieser Stadt nichts mehr, das Sie beunruhigen könnte. Und jener dort«, sagte sie und wies mit dem Finger über die Rhododendronsträucher in Richtung auf die gußeiserne Brücke, deren Mitte ein Adler zierte, Kopf und Flügel ragten weit über das Geländer hinaus, »jener dort«, sagte sie, und Lewanski erkannte in der Dunkelheit eine Gestalt, die eine Schirmmütze in den Händen hielt und die, den Kopf erhoben, den Oberkörper leicht nach vorn gebeugt, zu ihnen herübersah, so, als wollte sie mit einem Anflug von Unterwürfigkeit grüßen, »jener dort«, sagte Frau Altenschul, »bemüht sich seit Jahren darum, mir seine Visitenkarte zu überreichen. Aber glauben Sie mir, er wird meinen Salon nie betreten.«

Als sie die Brücke erreicht hatten und Frau Altenschul den Fremden, der am rechten Geländer stand, mit ihrem Cape fast berührte, sah ihm Lewanski, da die Begegnung unausweichlich war, ins Gesicht und sah, wie er ihnen höflich zunickte, in der Hoffnung, Frau Altenschul würde diese Geste erwidern. Als dies nicht geschah, schlug er sich mit den Handschuhen, die er in der rechten Hand hielt, gegen das Knie, eine Gebärde des Bedauerns, die Frau Altenschul ebenfalls unbeachtet ließ. Lewanski war versucht, sich nochmals, ehe die Brücke seinen Blicken entschwunden war, umzusehen, unterließ es aber, weil er spürte, daß Frau Altenschul soviel Aufmerksamkeit gegenüber jenem, den sie verachtete, nicht billigen würde, und so nahm er wieder ihren Arm und sagte wie beiläufig:

»Einer sieht aus wie der andere, aber diesem hier fehlen die Insignien.«

»Sie bereuen, daß sie uns getötet haben«, sagte Frau Altenschul, »sie hatten offenbar vergessen, daß wir uns wieder begegnen würden. Aber es ist nur diesem und einem anderen seiner Art gelungen, uns zu belästigen.«

Sie gingen weiter, und da der Regen der vergangenen Tage überall Wasserlachen gebildet hatte, mußten sie diesen bis zur Umständlichkeit ausweichen. Sie umschritten ein Karree, das mit Viburnumsträuchern und jungen Eiben bepflanzt war, und wie aufmerksam Lewanski sich auch bemühte, Frau Altenschul die Unpassierbarkeit der Wege nicht spüren zu lassen, wie sehr er auch lächelte, wenn er genötigt war, ihr mit ausgestrecktem Arm, auf Zehenspitzen stehend, über die morschen Bohlen, die die Wege säumten, hinwegzuhelfen, sie ließ sich nicht täuschen. Sie wußte sehr wohl, es gibt eine Höflichkeit, die nur entsteht, wenn man in Gedanken besonders abwesend ist.

»Bleiben Sie in Berlin«, sagte sie. »Und sollte es Ihnen unmöglich sein, sich heimisch zu fühlen, seien Sie wenigstens für die nächsten Monate mein Gast.«

4

»Reden Sie ihm zu«, sagte Frau Altenschul. »Er ist auf seinem Zimmer, kann sich aber nicht entschließen zu bleiben. Und gerade ihm hätte ich gewünscht, daß er das Unrecht, das man ihm angetan hat, widerruft.«

Sie sprach von Lewanski, und ihre Besorgnis war derart, daß sie rote Flecken auf der Stirn bekam. Sie erzählte von ihrem Spaziergang im Tiergarten und von der Begegnung mit jenem, den sie regelmäßig sah und dessen Existenz Liebermann anzweifelte, jenem, der auf der Brücke gestanden und vergeblich zu grüßen versucht hatte, und sie versicherte, daß, wenn es diese Begegnung nicht gegeben hätte, Lewanski auf unabsehbare Zeit ihr Gast geblieben wäre. Aber jetzt, meinte sie, sei er wie verwandelt und säße, obwohl sie ihn gebeten hätte, diesen Abend mit ihnen Tee zu trinken, immer nur auf seinem Zimmer, und sie sei sicher, fügte sie hinzu, er würde, sowie er Gelegenheit dazu fände, die Villa heimlich wieder verlassen.

»Reden Sie ihm zu«, wiederholte sie und stand, die Kanne in ihren Händen, bekümmert und ratlos da, so daß Liebermann sie bitten mußte, ruhig zu sein und erst einmal, und damit nahm er die Tasse auf, von dem vorzüglichen Tee zu trinken.

Sie schwiegen, und dies dauerte, bis sie ein Geräusch auf der Treppe hörten. Es war, als würde jemand versuchen, unbemerkt an der Tür zum Salon vorbeizukommen.

»Da ist er«, sagte Frau Altenschul rasch, »und er will fort.«

Aber sie täuschte sich. Lewanski trat ein, entschuldigte sein verspätetes Erscheinen und setzte sich, obwohl Frau Altenschul mit der Hand auf einen Stuhl in ihrer Nähe wies, auf ein Kanapee in ziemlichem Abstand zu dem Tisch, auf dem der Tee serviert war, und bat um Nachsicht. Er könne, sagte er, abends weder Tee noch Kaffee trinken, ohne überanstrengt zu sein. Dabei schlug er die Beine übereinander, saß besonders aufrecht, und wie er den Kopf über den Rand der Rückenlehne des Kanapees hinaus gegen den Nacken hin anhob, wie er mit den Händen, die Arme waren fast ausgestreckt, beide Enden des Kanapees umklammerte, eine Geste, die, weil das Kanapee breit war, unangemessen wirkte, wie er es vermied, mit seinen Blicken, obwohl er in die Richtung des Tisches sah, besonders verbindlich zu sein, dies alles zeigte, daß er um Distanz bemüht war und daß er den Frack, den er trug, nicht in der Absicht angelegt hatte, seine Gastgeber zu unterhalten.

Frau Altenschul ärgerte sich. Sie fand, daß Lewanski keinen Grund hatte, ihr Bemühen, das ihm doch schmeicheln mußte, in einer derartigen Weise zu beantworten.

›Und was soll der Frack!‹ dachte sie. ›Als wollte er beweisen, daß er aus Trotz und weil man ihn dazu nötigte, bereit wäre, koste es was es wolle, noch diesen Abend in einem Konzert aufzutreten!‹

Sie hatte Lust, das Zimmer zu verlassen.

»Gut, daß Sie einmal da sind«, sagte Liebermann. »Wir wollten mit Ihnen reden.« Und er begann, wie es seine Art war, Lewanski unverblümt zu mustern. »Ich verstehe«, sagte er, »daß Sie keine Konzerte geben wollen. Ich bin des ewigen Malens auch müde. Irgendwann, denke ich, sollte alles ein Ende haben. Ich war, als ich starb, immerhin um die neunzig, ich kann also sagen: Was dem Menschen an Zeit zugemessen werden kann, davon hat man mir nichts genommen. Sie aber, junger Mann«, sagte er und kniff die Augen zusammen, um Lewanski, der im Halbdunkel saß, besser zu fassen, »Sie aber, junger Mann«, sagte er, »müssen Ihr Leben im Tode nachholen, da es Ihnen nicht erlaubt war, Ihre Jahre glücklich oder unglücklich hinter sich zu bringen.«

Frau Altenschul fürchtete, Liebermanns Worte könnten Lewanski unbeeindruckt lassen. Aber Lewanski, der immer noch zu aufrecht und in unangemessener Weise dasaß, schien betroffen zu sein. Zumindest hatte ihn Liebermann mit dem Hinweis, er möge das Leben im Tode nachholen, überrascht.

»Ich höre«, sagte Liebermann, »Sie wären im Tiergarten jenen Gespenstern begegnet, deren Existenz ich anzweifle. Aber wie die Dinge nun einmal sind, auch Frau Altenschul kann von der Vorstellung nicht loskommen, daß sie von ihren Mördern wie von ihrem Schatten begleitet wird. Nun: Wir sind alle zu Schatten geworden und können einander nichts mehr anhaben, und hätte Frau Altenschul nicht, wie Sie, allen Grund, den gewaltsamen Widerruf ihres Lebens rückgängig zu machen, glauben Sie mir, niemand würde mich dazu bringen, in der Gesellschaft eines Salons das Sektglas zu halten. Ich habe dergleichen immer gehaßt.«

Lewanski löste die Hände von den Lehnen des Kanapees und nahm die Brille ab, um die Gläser mit einem Tuch, das er aus der Brusttasche zog, zu säubern. Dabei sprang, vielleicht weil er mit den Fingern zuviel Druck ausübte, ein Glas aus der Fassung, aber er achtete kaum darauf und zwang es, als hätte er dies öfter getan, mit einem leichten, metallenen Klappton wieder zurück.

»Natürlich«, sagte Liebermann, »wir sind Berliner, und ich bin ehrlich genug, Ihnen zu sagen: Ich wünschte, man könnte den Untergang dieser Stadt ungeschehen machen.«

»Besser es gibt unter den Toten ein blühendes Berlin als gar kein Berlin«, sagte Frau Altenschul. »Sie könnten doch wenigstens versuchen«, sagte sie, »das Haus in der Koenigsallee, das man Ihnen angeboten hat, wieder herzurichten. Es ist ein Grundstück, auf dem häßliche, gegenwärtige Bungalows stehen, aber dies können Sie unbeachtet lassen.«

Gegen Mitternacht begann es heftig zu regnen, und man hörte ein schwaches Gewitter, das über die Stadt hinwegzog. Von Südwesten her wehte ein warmer Wind, und eine Stimmung, als wäre es Frühling, lag über den Kastanien, deren Laub gelb und rot eingefärbt war und deren Früchte die Gehwege überdeckten, so daß man, um auf den nassen Schalen nicht auszugleiten, zu Umwegen genötigt wurde.

Aber das böige Wetter endete rasch, und keine Stunde später war der Himmel wieder klar und kalt, und die Erde dampfte, weil der Regen, der sie berührt hatte, so unerwartet mild gewesen war.

Lewanski hatte sich von seinen Gastgebern mit der Bemerkung verabschiedet, er würde nun, da man ihm Berlin so hartnäckig anempfohlen hatte, gern einmal allein unterwegs sein, und er ging, nachdem er sich einen Schirm erbeten hatte, in Richtung Westen und erreichte die Koenigsallee. Hier war es still, und die Bogenlampen, die in beträchtlichem Abstand zueinander standen, konnten den Straßen und den Villen und den die Dächer überragenden Kiefern nicht genügend Licht geben, so daß in unmittelbarer Nähe der Lampen, da es geregnet hatte, alles glänzte, aber dahinter, wenn man nur zwei, drei Schritte darüber hinausging, schien die Nacht dem Auge undurchdringlich. Lewanski bemerkte, nachdem er sich an die Dunkelheit gewöhnt hatte, daß fast alles, im Gegensatz zur Voßstraße, unversehrt, als hätte es nie eine Zerstörung gegeben, dastand, nur einige Grundstücke waren überwuchert.

Er erinnerte sich, daß er hier in der Nähe an einem See gewohnt hatte, der kreisrund und so eng war, daß man glaubte, man könnte darüber hinwegspringen. Im Röhricht gab es Bleßhühner und scharenweise Stockenten, und die Erpel hatten ein Gefieder, als wäre es aus Seide. Im November stieg Nebel über dem Ufer auf. Er erinnerte sich, wie schwer es für ihn gewesen war, gegen jene Stimmung, die sich Tag für Tag vor den Fenstern vollzog, Chopin, was er doch vorhatte und wofür er gelobt worden war, besonders heiter zu spielen.

›Und die Bäume‹, dachte er, ›wer hätte geahnt, daß einem unter diesen hohen, den Regen abwehrenden Bäumen etwas Endgültiges geschehen könnte.‹

Vor dem Portal jener Villa, die Frau Altenschul erwähnt hatte, blieb er stehen und hatte Mühe, die Unterschiedenheit zwischen den Bungalows, die man auf dem Park errichtet hatte, und der Villa, die niedergerissen war, aber vor seinen Augen doch unversehrt dastand, zu ertragen.

Er betrat den Kiesweg. Rechts unter einem Fliedergebüsch sah er das eiserne Tor, das man, vielleicht um es neu zu lackieren, aus den Angeln gehoben hatte, dicht dabei eine Vase aus Kupfer, die über und über mit Grünspan bedeckt und voll Regenwasser war. Links neben der Villa, dort, wo gestutzte Ulmen den Garten eingrenzten, stand ein remisenartiger Schuppen, dessen Türen geöffnet waren, und als Lewanski herantrat, um sie zu schließen, weil der Wind von den Bäumen her staubfeine Nässe hineinwehte, sah er ein Automobil der Marke Adler. Und nun änderte sich seine Stimmung. War es ihm vorher, als ginge ein Riß durch alles, was er sah, und schien es ihm unmöglich, die geteilte Welt, die sich seinen Augen darbot, so wie es Frau Altenschul geraten hatte, mit Gelassenheit hinzunehmen, jetzt gelang es ihm augenblicklich.

Er stand da, achtete nicht mehr auf die Bungalows, die ihm den Blick auf den Garten hätten nehmen können, und auch die Müllkästen, die man überall an den Eingängen unter Gehäusen aus Aluminium aufgestellt hatte, waren ihm gleichgültig. Er sah immer nur auf das Automobil und erinnerte sich, wie er früher, in jenen Jahren, als er begonnen hatte, Chopins Etüden zu spielen, und als er hoffen durfte, mit seinem Talent ausreichend Geld zu verdienen, wie sehr er gewünscht hatte, solch einen Wagen zu lenken, und daß er, obwohl ihm dies noch nicht erlaubt war, immer wieder in jener Halle, in der die Automobile ausgestellt und zum Verkauf angeboten wurden, mit einer Mischung aus Verlegenheit und Dringlichkeit vorsprach und sich erkundigte, wie teuer dieses Vergnügen, gesetzt den Fall, er könnte sich zum Kauf entschließen, werden würde.

Ja, dies waren Augenblicke, so erinnerte er sich, die ihn erregten und seine Freude am Leben so sehr steigerten, daß er sich bemühen mußte, jene angenehme, die Grenze zur Übelkeit streifende Euphorie, zu der er neigte, erst gar nicht aufkommen zu lassen. Aber er kannte dies auch, wenn er, nachdem er tagelang, mitunter ohne ausreichend zu essen und zu schlafen, am Pianoforte gesessen hatte und wenn es ihm, obwohl er erschöpft, ja verzweifelt war und die Hoffnung aufgegeben hatte, jene Stimmung des Gemüts und jene Fingerfertigkeit zu erreichen, die ihm nötig schienen, um einer Sequenz Ausdruck zu verleihen, wenn es ihm plötzlich doch noch gelang, das Instrument seinen Ansprüchen gefügig zu machen. Dann wurde er von einem leichten Schwindel ergriffen, und es war ihm, als würde er Ovationen in einem Konzertsaal entgegennehmen.

O, das süße Leben! Und nun erst, wenn man dazu geboren war, es durch eine leidenschaftliche Begabung, wie er sie für sich geltend machen durfte, bis in die Erschöpfung hinein zu steigern.

Unter diesen Gedanken betrat er die Villa. Man hatte sie offenbar in aller Eile geräumt, notdürftig gesäubert, hier und da lagen alte Zeitungen und Häufchen aus zusammengefegtem Staub, und es roch nach schweren

Gobelins, die es nötig hatten, gelüftet zu werden. Über der Halle hing ein Kronleuchter, mit eigenartigen Fabeltieren besetzt, auf deren Köpfen Kugeln aus Messing befestigt waren, alles wirkte überladen, und auch die Ketten, die in der Mitte des Leuchters zusammenliefen und eine filigrane, durchsichtige Schale aus marmoriertem Glas hielten, konnten diesen Eindruck nicht mildern. Der Anblick gefiel Lewanski, vielleicht, weil es ein ähnliches Gebilde in seinem Elternhaus gegeben hatte, kleiner zwar, so daß es statt in der Halle über dem Tisch im Speisezimmer hing, aber alles war, so erinnerte er sich, auf ebenso manierierte Weise überladen.

Er schloß das Portal, ging in die Beletage hinauf. Ihn fröstelte beim Anblick der leeren Zimmer und der rechteckigen Markierungen auf der Tapete, die entstanden waren, weil man die Möbel entfernt hatte. Er sah einen Spiegel, der, weil die Dinge um ihn her, unter denen er in absichtsvoller Weise angebracht worden war, fehlten, wie beziehungslos inmitten der Kahlheit der Wände dahing. Er ging in dem mittleren Zimmer auf und ab, sah die bleigefaßten, bunten Scheiben in den Türen, bemerkte, wie sich das Licht einer Laterne, obwohl der Boden staubig war, in dem Parkett spiegelte und daß der Kamin ein Gesims hatte, das es wert war, betrachtet zu werden. Er trat deswegen nicht näher heran, aber es war ihm, als müßte er, was unter der Verlassenheit dieser Räume hindurchschimmerte, wieder hervorholen.

›Dort‹, dachte er und sah auf den Erker, ›dort könnte das Pianoforte stehen.‹ Und er meinte das gleiche Instrument, das ihm damals, als er in Berlin seine Karriere begann, zur Verfügung gestanden hatte.

5

Er hat sich entschieden«, sagte Frau Altenschul.
Der Salon war überfüllt, so daß einige Gäste in der Tür zum Nebenzimmer Platz genommen hatten, und es war ein Donnerstag, an dem Frau Altenschul triumphierend mitteilen durfte, wie erfolgreich ihre Bemühungen waren, jene Juden, die sie besonders schätzte, die man aber gewaltsam und allzu früh aus dem Leben gerissen hatte, nun, und sie verwies wieder und immer wieder auf Lewanski, in ihrer Nähe zu versammeln.

»Er gibt nächste Woche sein erstes Konzert«, sagte sie, und es war unübersehbar: Dies war ein Ereignis, das alles andere, eingeschlossen jene Gespräche, die man bei Tee oder Kaffee stundenlang und mit Heftigkeit zu führen gewohnt war, überstrahlte.

Man besprach die Einzelheiten. Man hatte vor, Lewanski, der im Westflügel des Charlottenburger Schlosses auftreten wollte, zu feiern und zwar so stürmisch, daß er nie wieder auf den Gedanken kommen sollte, nach Prag oder London auszuweichen. Hier in Berlin, darüber war man sich einig, hatte er sein Talent zur Geltung gebracht, hier hatte man seinen Tod zu verantworten, und hier sollte es ihm erlaubt sein, das Unrecht, das man ihm angetan hatte, zu widerrufen.

Als es klingelte, wie jeden Donnerstag eine dreiviertel Stunde nach elf Uhr, nahm es niemand zur Kenntnis, ja man überhörte, obwohl man wußte, wer dort unten darum bat, eingelassen zu werden, auch das Klopfen, in der Hoffnung, es würde sich, wie es sonst geschehen war, nach kurzer Zeit wieder verlieren. Aber für dieses Mal hatte man sich getäuscht. Jener, der draußen vor dem Portal stand und immer noch, obwohl dies nach dem Willen der Frau Altenschul nie geschehen sollte, darauf aus war, sich ihrem Salon zu empfehlen, blieb hartnäckig. Es klingelte wieder und noch einmal, bis Frau Altenschul um Ruhe bat.

»Er soll klopfen, so lange er will«, sagte sie, »es bleibt ohne Bedeutung. Aber ich möchte nicht, daß er sich zeigt, wenn Lewanski sein Konzert geben will. Das sollte man ihm ein für allemal klarmachen.«

Dabei sah sie in Richtung auf die Flügeltür, die den Raum teilte, und sprach offenbar mit jemandem, dessen Gesicht, weil der Türrahmen es verdeckte, nicht zu erkennen war, aber man sah die elegant gekleideten Beine und die Lackschuhe, die auf und ab wippten, und man sah die Hände und wie die Finger ununterbrochen damit beschäftigt waren, ein ledernes Zigarettenetui hin und her zu wenden. Es war Schulze-Bethmann. Er hatte Novellen von Rang geschrieben, bösartige Satiren, und er war allgemein unbeliebt, auch unter den Toten und auch, obwohl man nicht umhin konnte, seinen Scharfsinn, von dem er oft und in unangemessener Weise Gebrauch machte, zu bewundern.

Zunächst wußte niemand, mit wem Frau Altenschul sprach, weil Schulze-Bethmann keinerlei Anstalten machte, etwas zu erwidern. Auch konnte man sich das Interesse nicht erklären, das Frau Altenschul jenem auf der Straße, den sie doch unbeachtet lassen wollte, plötzlich entgegenbrachte. Aber das ständige Klingeln und Klopfen, das andauerte und das in solch penetranter Weise nie stattgefunden hatte, ließ alle wünschen, daß jemand couragiert genug sein würde, dem ein Ende zu machen.

Als Schulze-Bethmann die Treppe hinunterging, sah er einen Schatten, der ihm vertraut war, an dem Gitter zum Flurfenster vorbeiwandern, und als er die Tür öffnete und auf den Bürgersteig trat, war jener, der sich eben noch bemerkbar gemacht hatte, auf der anderen Seite der Straße. Dort blieb er, nachdem er Schulze-Bethmann entdeckt hatte, stehen, und nun musterten sich beide, jener, indem er eine Reitpeitsche, die er in der rechten Hand hielt, langsam durch die linke Hand, die eine Faust bildete, zog, Schulze-Bethmann, indem er sein Zigarettenetui aus der Tasche nahm und ruhig genug war, sich daraus zu bedienen.

Als er die Zigarette, die er dem Etui entnommen hatte, zum Mund führte und bemerkte, indem er mit den Händen die Taschen seines Jacketts abklopfte, daß ihm das Feuerzeug fehlte, ging der andere über die Straße hinweg auf ihn zu, zögernd und indem er einen Umweg nahm. Er war uniformiert und jenem ähnlich, der in der Nacht, als Lewanski und Frau Altenschul im Tiergarten spazierengingen, auf der gußeisernen Brücke gestanden hatte, nur, daß dieser hier alle Insignien, die der andere an sich entfernt hatte, immer noch offen zur Schau trug. Und so sah Schulze-Bethmann, als der Uniformierte an ihn herangetreten war, um ihm Feuer zu geben, wie sich die Flamme in dem silberfarbenen Totenkopf, den er an seiner Mütze trug, spiegelte.

»Sie sollten dieses Stück Blech entfernen«, sagte Schulze-Bethmann, »da Sie sich ebenfalls in jenem Zustand befinden, den Sie uns zugedacht hatten.«

Dabei zog er an der Zigarette, so daß die Glut, die aufgeflammt war, ein gutes Viertel des Tabaks aufbrauchte, und als er den Rauch, den er in die Lungen atmete, wieder, wobei er die Lippen nach innen zog, ausstieß, hatte der andere Mühe, mit dem Gesicht auszuweichen.

Was nun geschah, war merkwürdig. Schulze-Bethmann umfaßte den Arm des Uniformierten und führte ihn, wobei er leise und eindringlich auf ihn einredete, in Richtung

Wilhelmstraße. Frau Altenschul, die ans Fenster getreten war, sah dies und wie der andere, während Schulze-Bethmann ununterbrochen mit der linken Hand gestikulierte, seine Mütze abnahm und wie er den Kopf über die Schulter hinweg in fast zu vertraulicher Nähe Schulze-Bethmann zuneigte. Es war ein Anblick, der sie irritierte. Sie dachte daran, daß es gehässige Stimmen gab, die behaupteten, Schulze-Bethmann wäre schamlos genug, sich gern mit seinen Mördern zu unterhalten, und sie hatte Mühe, diesen Gedanken, während sie den beiden zusah, abzuwehren, denn nun hatten jene die Wilhelmstraße erreicht und standen vor dem scharfkantigen, halbzerstörten Bau, dessen Anblick ihr unerträglich war. Sie sah, wie Schulze-Bethmann, während der Uniformierte schon zum Eingang hintrat, ihm noch die Hand entgegenstreckte und wie der andere sie etwas zu rasch, mit einem Anflug von Unterwürfigkeit, ergriff, als wollte er ein Versprechen, das er Schulze-Bethmann gegeben hatte, nochmals bekräftigen. Er setzte seine Mütze wieder auf und verschwand.

Als Schulze-Bethmann in den Salon zurückkehrte, spürte er die Unentschiedenheit der Gäste, denn, obwohl Frau Altenschul ihre Beobachtung niemandem mitgeteilt hatte, war er doch zu lange ausgeblieben, als daß man dies als Zurechtweisung eines lästigen, ungebetenen Besuchers hätte verstehen können. Schulze-Bethmann nahm es gelassen auf, blieb, weil er Frau Altenschul einige Worte sagen wollte, in der Mitte des Salons, neben ihrem Stuhl, stehen, schwieg aber, nahm eine Zigarette aus dem Etui, die er in eine silberne Spitze schob, und als er zu rauchen begann und immer noch schwieg, und als er spürte, daß seine arrogante Ruhe, wenn er sie fortsetzte, ein Ärgernis hätte werden können, sagte er:

»Es ist alles gut so. Man wird Lewanski nicht belästigen.«

6

Eine Woche später gab es Frost. Die Wasserlachen, die der Regen gebildet hatte, waren zugefroren, und vom Osten her, dort, wo drei riesige Schornsteine die Anlage des Charlottenburger Schlosses überragten, wehte ein eisiger Wind, und ein Geruch wie von verbranntem Schwefel lag überall in der Luft. Wer den Park, der das Schloß nach Westen und Norden hin eingrenzt, nach acht Uhr abends betreten will, findet die Türen aus eisernem Gitter, die dorthin führen, verschlossen, und die Eichen, die im November ihre Kronen laublos dem Himmel entgegenrecken, leuchten vor gefrorener Nässe und weil das Licht des halbierten Mondes sich darin spiegelt. Die Gewässer vor dem Teehaus wirken abgründig tief, aber die Ruhe, die die Szenerie inmitten von Ulmenhecken, Kieswegen, Denkmälern nötig gehabt hätte, tritt erst um Mitternacht ein, wenn der Verkehr ringsum nachläßt und wenn kein Flugzeug mehr zu hören ist.

Um diese Zeit gab Lewanski sein erstes Konzert.

Man hatte den Westflügel des Schlosses so eingerichtet, daß der Eindruck eines kleinen Konzertsaales entstand, es waren nur dreihundert Plätze zugelassen, und das Podest mit dem Pianoforte, das mit dunkelblauem Tuch überspannt war, wirkte derart ausladend, daß man denken konnte, Lewanski befände sich auf einer Bühne. Das Ereignis hatte sich herumgesprochen, und vor dem Eingang drängten all jene, die nicht eingeladen, aber neugierig genug waren, den Beginn des Konzertes abzuwarten, in der Hoffnung, sie könnten diesem, wenn man die

Türen geschlossen hatte, wenigstens vom Fenster her beiwohnen.

Als das Licht im Zuschauerraum verlosch, trat Frau Altenschul vor das Podest, sprach leise einige Worte, die von den Fenstern aus nicht zu verstehen waren, aber der Beifall, der einsetzte, als sie Lewanski darum bat, indem sie die linke Hand gegen ihn ausstreckte, am Pianoforte Platz zu nehmen, war unüberhörbar.

Die Stille jenes Augenblicks, als alle Aufmerksamkeit, nachdem der Beifall abrupt beendet worden war, auf den Beginn des Klavierspiels sich richtete, dauerte lange. Ein Schatten löste sich aus der Ulmenhecke, bewegte sich langsam auf die andere Seite des Schloßflügels zu, dorthin, wo die Fenster und Türen unverhangen, aber lichtlos, da der Mond nur der Südseite des Schlosses zugewandt war, dalagen, und als die ersten Akkorde die Stille beendeten, als Frau Altenschul ihre Hände, die sie etwas zu sehr ineinandergepreßt gehalten hatte, endlich löste, stand jemand, dessen Anwesenheit niemand wünschte und von dem Schulze-Bethmann behauptet hatte, er würde Lewanski unbelästigt lassen, an einer der verschlossenen Türen und sah, aber so, daß er verborgen blieb, in Richtung auf das Pianoforte. Seine Augen zeigten einen Ausdruck des Bedauerns, und man hätte denken können, als er ein einziges Mal mit einer raschen, unauffälligen Bewegung den rechten Mittelfinger gegen das Auge führte, er würde dies tun, um eine Rührung zu verbergen.

Lewanski spielte die E-Dur-Sonate Opus 109 von Beethoven. Danach drei Balladen von Chopin, zuletzt die Variationen für Klavier von Anton Webern. Frau Altenschul hatte Mühe, ihre Tränen zurückzuhalten, und wie endlos war ihr jene Sekunde, als sie erschrak, weil Lewanski innehielt, als wollte er, was er eben unter seinen Händen hatte entstehen lassen, nochmals überdenken. Sie fürchtete, er würde, wie schon einmal im Salon, sein Spiel mit einer Geste der Entschuldigung abbrechen, aber nichts dergleichen geschah.

Als er sich schließlich erhob, wurde der Pianist unter stürmischen Bravorufen achtmal zum da capo genötigt. Man ging zögernd auseinander, besprach das Ereignis, Wagen fuhren vor. Frau Altenschul, die beunruhigt gewesen war, ob man Lewanski auch so, wie sie es gewünscht hatte, feiern würde, durfte zufrieden sein. Sie konnte von dem Eindruck der E-Dur-Sonate nicht loskommen, und sie wunderte sich darüber, daß man ihr auf der Fahrt in die Koenigsallee, dort wollte Lewanski ein kleines Fest geben, versicherte: Beethoven, ja, das könne zur Not Pollini oder ein anderer unter den Lebenden auch, aber was Lewanski mit Anton Webern in Szene gesetzt hätte …!

Die Wagenkolonne, die dem Gefährt, in dem Lewanski saß, folgte, hatte Mühe, die Auffahrt zur Villa über den Kiesweg zu erreichen. Da das eiserne Tor, das immer noch aus den Angeln gehoben, jetzt aber gegen das Portal gelehnt war, im Wege stand, verkeilten sich die Automobile ineinander, und Lewanski konnte, wie alle anderen auch, seine Tür nicht öffnen, um ins Freie zu treten. Für Augenblicke herrschte Unentschlossenheit, und man sah erschrockene Gesichter, weil die Kolonne so plötzlich und ohne daß man es sich erklären konnte, stillestand.

Als man das unfreiwillige Chaos entwirrt hatte, stand Lewanski mit Blumen in den Armen da, und man erlaubte ihm nicht, die Treppe zur Beletage voranzugehen. Er mußte es sich gefallen lassen, daß man ihn auf die Schultern nahm und einen kleinen Umzug veranstaltete. So wurde er mehrmals herumgeführt, immer unter Bravorufen, und die Ausgelassenheit aller wirkte, als wäre sie aus einer Zeit, in der man es noch gewohnt war, den Künstler mit der Laune des Übermuts zu feiern.

Später, als man sich in den Räumen der Beletage, deren Türen geöffnet waren, versammelt hatte, trank man

Champagner. Und es war alles so wie vor fünfzig Jahren. Auch damals hatte Lewanski, wie eben jetzt, neben einer Halbsäule gestanden, die mit einer Aralie geschmückt war, und auch damals war er, wie eben jetzt, versucht, sein Gesicht hinter den Blättern zu verstecken, denn er genierte sich.

Man hatte, obwohl die Gäste, die sich im Flur befanden, nachdrängten, einen Halbkreis gebildet, und Frau Altenschul bemühte sich, die zwei, drei Schritte Abstand zwischen Lewanski und jenen, die ihn begeistert feiern wollten, zu wahren, und Schulze-Bethmann, der umherging, um die Gläser zu füllen, rief schließlich, indem er das eigene Glas hob und weil es ihm aussichtslos erschien, all jene, die nicht geladen, aber dennoch gekommen waren, mit Champagner zu versorgen:

»Auf das unsterbliche Genie! Auf die Zuversicht, das Leben, das doch beendet ist, noch einmal zu wagen!«

Dies rief er, und nun erreichte die Stimmung, nachdem man Champagner, belegte Brötchen und immer wieder Champagner zu sich genommen hatte, ihren Höhepunkt. Man wurde trunken und redselig, man nannte das Ereignis dieses Abends ein Wunder, da es Lewanski gelungen war, die Grenze vom Leben zum Tode niederzureißen, so daß jene, die dem Pianisten zujubelten und ihn dazu drängen wollten, auch hier auf dem Klavier, das halb versteckt im Erker stand, Proben seiner Virtuosität zu geben, daß nun all jene, die man um die Blüte ihrer Jahre gebracht hatte, ebenfalls darauf hoffen durften, dies ungeschehen zu machen.

Man entdeckte Liebermann, der dem Ganzen mit der gewohnten Skepsis und immer gewärtig, die Villa wieder zu verlassen, zusah. Man hofierte ihn wegen seines hohen Alters. Er galt den Jüngeren als Beweis, wieviel Zeit dem Menschen gegeben werden mußte, damit er zur Vollkommenheit gelangen konnte. Man beschloß, das achtundachtzigste Jahr, in dem Liebermann gestorben war, zu ignorieren, und wollte auf der Stelle seinen neunzigsten Geburtstag feiern. Das verbat er sich. Man solle die Gnade, sterben zu können, sagte er, nicht nur deshalb geringschätzen, weil man um das Leben betrogen worden sei.

»Aber«, fügte er hinzu, »ich hatte Glück. Ich habe darüber nicht zu befinden.«

Er ließ sich alle Freundlichkeiten gefallen, und auch als Frau Altenschul ihn zur Seite nahm und ihn dazu nötigte, mehr Champagner zu trinken, leerte er geduldig sein Glas. Er sah, wie erregt sie war und wie sehr sie sich bemühte, ihn dies nicht spüren zu lassen, aber die rötlichen Flecken auf der Stirn, die sie vergeblich mit Puder zu überdecken versucht hatte, verrieten ihre Empfindungen. Als Lewanski zu ihnen trat, ging sie rasch fort mit der Bemerkung, sie müsse sich um die Gäste kümmern.

»Sind Sie glücklich?« fragte Liebermann, und Lewanski antwortete, er hätte weder in Prag noch in London jenes Gefühl von Neugierde erfahren, ob es ihm gelingen würde, den späten Beethoven zu bewältigen.

»Ich habe wenig Ahnung«, sagte Liebermann, »aber«, fügte er hinzu, »wer Frau Altenschul zu Tränen rührt, der darf sich schon etwas einbilden.«

»Ja«, sagte Schulze-Bethmann, der sich ihnen im Rücken zugesellt hatte, »Sie haben unnachahmlich gespielt.«

Und da Lewanski unter der plötzlichen Anrede zusammenzuckte, senkte er die Stimme, ja er flüsterte fast und lächelte liebenswürdig, als er sagte:

»Sie würden auch Ihren Mörder zu Tränen rühren, gesetzt den Fall, es wäre diesem erlaubt, bei Ihren Konzerten dabeizusein. Für den späten Beethoven sind Sie noch etwas zu jung. Ich hoffe«, sagte er und war nun schon im Begriff, sich wieder abzuwenden, »daß es Ihnen gelingen wird, Ihre Jugend der Erfahrung Ihres Todes anzugleichen.«

In der Ratlosigkeit, die nun folgte, sagte Liebermann, indem er Schulze-Bethmann fixierte, der zu einem der Eiskübel ging, um sich erneut des Champagners zu bedienen:

»Ich mag diesen Mann nicht. Andererseits: Er ist der einzige, der Sachen sagt, die einem zu denken geben. Wenn er nur nicht so sarkastisch wäre.«

7

Dies geschah im November. Mitte Dezember machte Frau Altenschul, da Lewanski, entgegen der Abmachung, ihr Haus in der Voßstraße nicht mehr betreten hatte, einen Versuch, ihn in der Koenigsallee zu erreichen, aber wie sehr sie sich auch bemerkbar machte, es fand sich niemand, der ihr das Portal öffnen wollte, und die Vorhänge vor den Fenstern, die zugezogen waren, gaben ihr den Eindruck, Lewanski wünschte ungestört zu bleiben. Oder hatte er die Villa verlassen?

Als sie am nächsten Abend wieder erschien, war alles wie beim ersten Mal, niemand wollte ihr öffnen, aber sie sah, daß im Erker Licht brannte.

»Ich kenne dergleichen Anwandlungen aus meiner Zeit in Holland«, sagte Liebermann. »Er ist ehrgeizig und übt sicher für das nächste Konzert.«

Frau Altenschul ließ sich beruhigen, und auch jene, die sich in ihrem Salon versammelten, wünschten keine weiteren Auskünfte. Man war sicher, daß es dem nächsten Konzert nur förderlich sein könnte, wenn Lewanski sich derart ausschließlich und, wie es den Anschein hatte, in absoluter Einsamkeit darauf vorbereiten wollte.

Der Silvestertag kam. Frau Altenschul hatte alle Hände voll zu tun, den Wechsel ins neue Jahr vorzubereiten, denn es war eine ihrer liebsten Gewohnheiten, um Mitternacht, im Kreis angenehmer Bekanntschaften, über das vergangene Jahr nachzudenken und sich Hoffnungen auf die Zukunft zu machen, obwohl ihr dies hätte gleichgültig sein können. Aber sie zählte die Jahre wie ehedem, und daß sie nicht alterte und nun schon eine halbe Ewigkeit in eben jenem Zustand verharrte, der immer der gleiche blieb, dies ließ sie unbeachtet.

Sie hatte eine Berliner Spezialität, Pfannkuchen mit Pflaumenmus, gebacken, und der Salon war mit Papiergirlanden und einigen Lampions geschmückt, aber so, daß eine gewisse Zurückhaltung, wie man es bei ihr erwarten durfte, unverkennbar blieb.

Gegen neun Uhr abends, der Tisch war bereits gedeckt, erschien Liebermann mit einem Strauß weißer Chrysanthemen, achtundvierzig an der Zahl.

»Für das neue Jahr«, sagte er. »Und«, fügte er hinzu, »Sie werden mir erlauben, kurz vor zwölf wieder zu gehen. Sie wissen, ich mag keinen Jahreswechsel. Aber bis dahin will ich für Sie gern die Honneurs machen.«

So ging er, wenn es klingelte, die Treppe hinab, öffnete den Gästen die Tür, machte, während er den Damen aus den Mänteln half, charmante Bemerkungen.

Als er einen Brief sah, der auf dem Fensterbrett lag und den Frau Altenschul offenbar übersehen hatte, bat er Schulze-Bethmann, der wie immer als letzter erschienen war, darum, diesen mit in den Salon zu nehmen.

»Wird gemacht«, sagte Schulze-Bethmann. »Und wenn Sie etwas sehen wollen«, fügte er hinzu, »dann gehen Sie hinaus. Unsere Nachbarn«, sagte er und wies mit dem Daumen über die Schulter in Richtung Nordosten, »begrüßen das neue Jahr auf ihre Weise.«

Liebermann verstand diese Bemerkung nicht, trat ins Freie hinaus. Der Himmel war wolkenlos, wirkte aber eigenartig flach, so daß man den Eindruck hatte, man befände sich darunter eingeengt, und ein Geräusch wie von mahlenden Eisenketten lag überall in der Luft. Liebermann folgte dem Geräusch, das von Nordosten zu kommen schien, er umschritt das Haus, und nun beobachtete er auf jenem Rechteck, das bis zum Brandenburger Tor reichte und dessen Erde planiert und unbewachsen war, eine merkwürdige Erscheinung.

Er sah eine Kolonne gepanzerter Fahrzeuge, jenen ähnlich, die tagsüber vor der Mauer patrouillierten und wie diese mit aufgeblendeten Scheinwerfern ihren gewohnten Weg fortsetzen wollten, aber eine Gestalt, deren Schatten vor den Scheinwerfern hoch aufragte, stand ihnen im Weg und hinderte sie an der Weiterfahrt. Wer diese Gestalt war, konnte Liebermann nicht erkennen. Er sah nur, daß sie mit ausgestrecktem Arm auf einen Erdhügel deutete, und nun gingen jene, die in den Fahrzeugen gesessen hatten, in Richtung auf diesen Hügel hin und verschwanden, einer nach dem anderen, als würden sie eine Treppe betreten, die in die Tiefe führte.

Als Liebermann in den Salon zurückgekehrt war, aß man bereits von den Pfannkuchen, und Frau Altenschul entschuldigte sich mit der Bemerkung, die Gäste und vor allem sie selbst hätten dem köstlichen Duft nicht widerstehen können. Im übrigen klagte sie darüber, daß Lewanski nicht gekommen war, obwohl sie ihn durch ein Billett darum gebeten hatte.

Man plauderte miteinander, stand zu zweit oder in kleinen Gruppen, nur Schulze-Bethmann wirkte isoliert, und es war unverkennbar, daß Frau Altenschul, die mit einem großen Tablett, auf dem die Pfannkuchen lagen, umherging, ihn ausdrücklich mied. Sie versicherte, etwas zu laut und ohne daß jemand sie dazu aufgefordert hätte, wie richtig ihr Entschluß gewesen war, in diese Gegend, als sie noch allgemein gemieden wurde, zurückzukehren. Man stimmte ihr zu, obwohl man nicht recht wußte, warum sie so plötzlich auf dieser Erklärung bestand, sie aber sprach davon, wie sie anfangs, um die Einsamkeit der Wintermonate zu überwinden, Liebermann am Pariser Platz aufgesucht hatte, und während sie dies sagte, streckte sie ihre

Hand Liebermann, der in ihrer Nähe stand, entgegen und ließ es sich gern gefallen, daß er sie sanft, als wollte er sie gegen seine Lippen führen, berührte.

»Wir waren lange allein«, sagte Liebermann, »aber nun wird das Gedränge immer größer.« Alle lachten.

Kurz vor Mitternacht trat man auf die Terrasse hinaus, weil man dem Feuerwerk zusehen wollte. Das freie Rechteck zum Brandenburger Tor hin lag in unheimlicher Ruhe da, die bunten Kugeln, die zum Himmel aufstiegen, beleuchteten den Erdhügel, und Liebermann wunderte sich, daß er dieses Gebilde, das an der Wilhelmstraße lag, nie bemerkt hatte, obwohl er jeden Abend daran vorüberging.

»Was ist das für ein Erdhaufen?« fragte er, und Schulze-Bethmann antwortete, indem er bemüht war, die anderen, die ihm im Rücken standen, dies nicht hören zu lassen:

»Der Führerbunker. Man fand keinen eleganteren Ausdruck. Er wurde zugeschüttet, und nun sieht alles, obwohl man jene, die darin gestorben sind, weggeschafft hat, wie ein Grabhügel aus. Aber es heißt auch«, fügte er hinzu, »daß einige von denen, die wir zu fürchten hatten, dort unten immer noch versammelt sind.«

Damit ließ er Liebermann allein und ging durch die geöffnete Tür in den Salon zurück, wo er zu rauchen begann und die Gemälde an den Wänden betrachtete, als hätte er sie nie gesehen.

Auf der Terrasse war man entzückt von dem bunten Geprassel, das sich Augen und Ohren von überall her darbot, und auch Liebermann, der über die Bemerkungen Schulze-Bethmanns nachdachte, wurde bald von der unbedingten Heiterkeit, die die ganze Stadt zu beherrschen schien, ergriffen, so daß er, nachdem Frau Altenschul ihn untergehakt und in die Gesellschaft der anderen zurückgeführt hatte, alle Gedanken, die ihn beunruhigen mußten, vergaß.

Eine halbe Stunde später war man damit beschäftigt, Blei zu gießen. Frau Altenschul hatte eine Schüssel mit Wasser bereitgestellt, man verteilte kleine Bleifiguren, die, nachdem man sie einer Spiritusflamme ausgesetzt hatte, zu schmelzen begannen, und über die bizarren Gebilde, die dadurch entstanden, daß man das flüssige Blei ins kalte Wasser warf, wurde ausgiebig und in übermütiger Weise gerätselt.

»Ich habe auch Lewanski ein paar Figuren schicken lassen«, sagte Frau Altenschul, »hoffentlich ist er albern genug, es uns gleichzutun.«

Schulze-Bethmann zog den Brief, der ihm von Liebermann anvertraut worden war, aus seiner Brusttasche und übergab ihn Frau Altenschul mit der Bemerkung, sie möge ihm verzeihen, aber er hätte eine Nachricht, die offenbar für sie bestimmt sei, etwas zu lange bei sich behalten.

Frau Altenschul nahm den Brief, als hätte sie ihn dringend erwartet, man hörte das Rascheln, das entstand, weil sie das Kuvert aufriß und den Briefbogen hastig auseinanderfaltete, und nun redete, während sie den Absender überflog, niemand mehr.

»Es ist eine Nachricht von Lewanski«, sagte sie und begann die Zeilen, die sie vor Augen hatte, zu überfliegen, da es ihr unhöflich schien, die Aufmerksamkeit der anderen unbeachtet zu lassen. Aber sie wurde, je rascher sie las, um so erregter, ihr Gesicht veränderte sich im Ausdruck ungläubiger Empörung.

»Frau Altenschul«, schrieb Lewanski, »ich fühle mich hintergangen. Wie konnte ich Ihnen zusagen, in Berlin zu bleiben, und wie kann ich die Gesellschaft eines Verbrechers, die sie mir erstaunlicherweise aufzwingen wollen, wieder loswerden! Er steht jetzt noch vor meinem Fenster, so daß ich die Villa nicht verlassen kann. Vielleicht ist Ihnen dies gleichgültig, aber ich hatte nicht die Absicht, vor jenem, der uns im Tiergarten begegnet ist, ein Konzert zu geben.«

Der Rest war eine bittere Beschwerde über sich selbst, besonders darüber, daß er, wie so oft, unfähig gewesen war, sich allen Versuchen der Überredung zu widersetzen.

Man sah mit betroffenem Staunen auf jenes Stück Papier, das Frau Altenschul in ihren Händen sinken ließ, und nur Schulze-Bethmann war, so schien es Frau Altenschul jedenfalls, unverfroren genug, zu lächeln und nach seinem Etui in der Jackentasche zu greifen.

»Was, um Gottes willen, hat das zu bedeuten?« fragte Frau Altenschul.

»Nehmen Sie das Ganze nicht allzu ernst. Er wird sich beruhigen«, antwortete Schulze-Bethmann, aber ihr strafender Blick hinderte ihn daran, die Zigarette, die er zwischen die Lippen schob, auch wirklich zu rauchen.

Keine Viertelstunde später hatten die Gäste den Salon verlassen, nur Liebermann blieb, eine Geste, die Frau Altenschul, da er doch vorgehabt hatte, schon vor Mitternacht wieder zu Hause zu sein, dankbar annahm, und nun sah man die beiden eine Weile auf dem Kanapee nebeneinandersitzen und wie sie leise, aber eindringlich auf ihn einredete und wie ruhig er, indem er nur hin und wieder mit dem Kopf nickte, von ihrer verständlichen Empörung Notiz nahm.

8

Was war geschehen?

An jenem Abend, an dem man Lewanskis Konzert ausgiebig gefeiert hatte, verabschiedete sich Schulze-Bethmann mit einer rätselhaften Bemerkung von seinem Gastgeber, nämlich:

»Ich wollte Sie wissen lassen«, dies waren seine Worte, »daß ich alles unternommen habe, um Frau Altenschul gefällig zu sein. Aber der Kreis jener, der Sie bewundert, ist weitläufiger, als man glaubt. Habe ich Ihr Einverständnis«, hatte er hinzugefügt, »daß jemand, den Sie zu Tränen gerührt haben, Ihnen dies unter vier Augen sagen darf?«

»Aber ja doch«, hatte Lewanski geantwortet, konnte aber den Sinn der Worte nicht fassen, und da er lächelte und dies als freundliche Zustimmung gelten konnte, bedankte sich Schulze-Bethmann und ging fort.

Gegen vier Uhr morgens, bevor es dämmerte, sah Lewanski, der am Fenster stand, um seinen champagnerverwüsteten Kopf zu kühlen, wie eine Gestalt aus dem Dunkel der Garage rasch auf das Portal der Villa zuging. Er hörte, wie die Tür, die er unverschlossen gelassen hatte, bewegt wurde, ein schwaches, verlegenes Hüsteln, ein paar eilige Schritte, die nötig waren, die Treppe, die zur Beletage führte, zu überwinden, und schon stand jener, den Schulze-Bethmann angekündigt, den Lewanski aber um keinen Preis der Welt empfangen haben würde, im Raum. Es war derselbe, der, als Lewanski mit Frau Altenschul im

Tiergarten spazierenging, auf der eisernen Brücke zu grüßen versucht hatte, und Lewanski sah wieder, daß ihm die Insignien fehlten und daß die Farbe des Stoffes, dort, wo er den Totenkopf an seiner Mütze entfernt hatte, stärker mit dem Eindruck unverbrauchter Frische hervortrat.

»Was wollen Sie?« fragte Lewanski, der mit den Händen, als müsse er sich stützen, nach einer Stuhllehne griff.

»Ich bin gekommen, um Ihnen zu sagen, wie sehr mich Ihr Klavierspiel berührt hat. Ja, Sie sollen wissen ...«

»Gehen Sie!« rief Lewanski.

Aber der andere, der es gewohnt war, daß man ihm mit Verachtung oder Entsetzen, nie aber, was er doch wünschte, mit freundlicher, unbefangener Aufmerksamkeit begegnete, wollte sein Erscheinen erklären und rechtfertigen, wollte ihm, Lewanski, sagen, daß es keinen Grund gab, derart ablehnend zu sein. Dabei kam er, weil er selbst Mühe hatte, seine gute Absicht so rasch, wie es die Situation forderte, in Worte zu fassen, Lewanski näher und wollte mit einem verlegenen, fast flehenden Lächeln die Hände gegen ihn, wie um ihn zu beruhigen, ausstrekken.

Lewanski schrie auf, floh in die äußerste Ecke des Zimmers, warf, was er in der Erregung des Augenblicks fassen konnte, Notenpapier, Flaschen, Teller, Bestecke, jenem, der ihn aufrichtig bewunderte, entgegen.

›Er will mich berühren‹, dachte er. ›Was kann ich tun, damit er mich nicht berührt.‹

Und er sah, wie der Eindringling verdutzt dastand und keinen Versuch machte, vor den Gegenständen auszuweichen.

Dann, als Lewanski plötzlich stillestand, in der Erwartung, daß der andere, den er so heftig attackiert hatte, nun seinerseits über ihn herfallen würde, geschah es, daß der Uniformierte sich von ihm abwandte und vor den Spiegel trat, der über dem Kaminsims befestigt war. Er betrachtete sein Gesicht, dessen rechte Hälfte, von der Schläfe abwärts, durch Lewanskis Schuld zu bluten begonnen hatte, zog ein Taschentuch hervor, um es notdürftig zu säubern.

Für Augenblicke herrschte Unentschiedenheit, und Lewanski kämpfte gegen ein Gefühl des Bedauerns, denn ihm fiel ein, daß er sein Wort gebrochen hatte. War er mit Schulze-Bethmann nicht übereingekommen, diesen da als Gast zu empfangen? Und hatte er das Recht, ihm derart zu begegnen, nur weil er alles gründlich mißverstanden hatte?

Aber sein Entsetzen überwog, und er war froh, als der andere sich endlich vom Spiegel abwandte, die Schirmmütze, die er unter der rechten Achsel hielt, wieder zur Hand nahm und in Richtung auf die Flurtür zuging. Dort drehte er sich, bevor er verschwand, noch einmal um, sah in Richtung auf das Pianoforte und sagte:

»Ich wünsche aufrichtig, daß es Ihnen gelingen möge, auf diesem Instrument unvergleichlich zu sein. Ja, Sie sollen wissen, daß ich erst erlöst bin, wenn meine Schuld durch Ihre Meisterschaft unerheblich geworden ist.«

Lewanski ging zum Pianoforte, schloß den Deckel über der Tastatur, ordnete die Partituren, als müsse er alles, worauf der Uniformierte gezeigt hatte, nachträglich in Sicherheit bringen. Zuletzt, als er vermuten durfte, wieder allein zu sein, als er das Portal, den Flur, die Tür zur Beletage verriegelt hatte, als sein Atem ruhiger wurde, stand er hinter der Gardine des Erkers und beobachtete den Kiesweg, der zum Tor führte, auf dem sich aber niemand mehr zeigen wollte.

Dies war geschehen, und der Pianist hatte seitdem die Villa nicht mehr verlassen, und Frau Altenschul, die von alledem nichts wußte, war in den Verdacht geraten, daß sie mit ihm, Lewanski, ein doppeltes Spiel trieb.

Sie wollte Klarheit. Am nächsten Morgen schon ging sie in die Koenigsallee, das Wetter war sonnig, aber kalt, es hatte ausgiebig geschneit, an den Rändern der Bürgersteige waren Schneeberge aufgerichtet. Es störte sie, in der ausgetretenen Spur wie durch eine Schlucht aus Schmutz und Eis balancieren zu müssen, und so war sie, als sie das Portal der Villa betrat, außerstande, ihre Gereiztheit, ihre Ungeduld, die sich bis zur Ärgerlichkeit steigerte, zu bändigen. Sie mied auch jeden Blick zu den Fenstern hinauf, um zu sehen, ob die Vorhänge immer noch zugezogen waren, sie wollte sich ohne Umstände bemerkbar machen, fand aber die Tür einen Spalt breit geöffnet. Sie trat ein. Ein Geruch wie von abgestandenem Parfüm kam ihr aus der Halle entgegen, die überheizt und dunkel war. Aber aus der Beletage, dort, wo man vor Wochen noch gefeiert hatte, fiel ein Lichtschein auf die Treppe, deutlich genug, um den Weg über die Stufen hinauf kenntlich zu machen, und man hörte, wie ein Akkord, immer derselbe Akkord, auf dem Pianoforte angeschlagen wurde.

Die Beletage bot den Anblick äußerster Unordnung, ja Liederlichkeit: Der große Eßtisch war in die Ecke gerückt, überall lagen aufgerissene Schachteln mit Zwieback und Keksen, auf den Stühlen, den Konsolen standen Tassen und Gläser, aus denen Tee oder Kaffee getrunken worden war, dazwischen verstreuter Zucker. Die Aralie auf der Halbsäule war vertrocknet, die Vorhänge waren hochgerafft und auf die Fensterbänke verteilt, der Schirm der Lampe, die das Licht gab, war mit einem Küchentuch abgedeckt, das Klavier im Erker bis zur Unkenntlichkeit vollgepackt mit Kleidungsstücken und Notenheften. Dahinter saß Lewanski.

Mit äußerster Konzentration, die Haare standen ihm über den offenen Hemdskragen, die eingefallenen Wangen waren unrasiert, die Augen wirkten derart umrändert, daß sie wie in Höhlen zu verschwinden schienen, darüber die

Brille, deren goldener Rand glänzte, eine Unangemessenheit, die dem übernächtigten Gesicht etwas Geisterhaftes gab, so starrte er auf die Tastatur und schien etwas herbeizwingen zu wollen, das sich ihm durchaus verweigerte. Er bemerkte nicht, daß Frau Altenschul in das Zimmer getreten war und seiner Gequältheit, seinem künstlerischen Starrsinn, an dem er sich zu verzehren drohte, zusah.

Als er endlich den Blick hob und Frau Altenschul entdeckte, zuckte er augenblicklich zusammen, und sie erschrak über das entsetzte Gesicht, das er machte, als hätte er ihren Anblick zu fürchten.

»Um Gottes willen, was haben Sie?« sagte sie und kam ihm die wenigen Schritte zum Pianoforte entgegen.

Er erhob sich, küßte ihr die Hand, wobei sie bemerkte, daß er hemdsärmelig und ohne Jacke war.

»Was haben Sie?« wiederholte sie, aber er rückte ihr zögernd, statt zu antworten, einen Stuhl zurecht, wobei er die Tasse, die darauf stand, zur Hand nahm, und als er in die Küche ging, um ihr, wie er versicherte, einen vorzüglichen Wermut anzubieten, übersah sie noch einmal das Schlachtfeld, in dem er so lange, wie sie glaubte, tätig gewesen war.

›Er schläft nicht vor Ehrgeiz‹, dachte sie, ›und er tut ununterbrochen, was seine Leidenschaft ihm eingibt.‹

Aber nun fiel ihr der Brief ein, Lewanskis Brief, und sie überlegte, während sie schon dabei war, das Kuvert aus der Manteltasche zu ziehen, ob es nicht besser wäre, ihn unerwähnt zu lassen.

Lewanski kam mit der Flasche Wermut zurück. Sie versicherte, daß sie noch nie in ihrem Leben vormittags Wein getrunken hätte, dabei nahm sie seine Hand und nötigte ihn, das Tablett mit dem Wermut und den Gläsern abzustellen.

Er solle sich setzen, bat sie. Er weigerte sich, verwies auf seinen Zustand, er sei ohne Jackett, die Ärmel aufgekrempelt ... Aber sie wollte durchaus, daß er sich ihr so, wie er war, aus der Nähe zeigte.

»Wie ist es Ihnen ergangen?« fragte sie.

Er antwortete ausweichend, vermied es, die Begegnung mit dem Uniformierten zu erwähnen. Er hätte, antwortete er, Tag und Nacht auf dem Klavier geübt.

»Haben Sie Geduld mit sich«, sagte sie.

Er lächelte müde und antwortete, daß die Qual, die er sich auferlege, leider unumgänglich sei. An besonderer Stelle ein besonderer Ausdruck im Anschlag der rechten Hand. Wenn der geschafft sei, sagte er, wäre er bereit, ein neues Konzert zu geben.

Sie verstand nicht, was er meinte. Er ging zum Pianoforte zurück, begann zu spielen, um plötzlich mit eben jenem Akkord, den sie schon auf der Treppe gehört hatte, als wäre er ein Hindernis, abzubrechen, und sie wußte nicht, warum dies nötig sein sollte und ob Lewanski nicht ein Opfer seiner Nerven geworden war.

»Ich weiß nicht«, sagte sie, »worauf Sie hinauswollen.«

»Aber hören Sie doch«, rief er und schlug wieder den Akkord, immer denselben Akkord an, »hören Sie, wie unmöglich das ist!«

»Auch wenn es Ihnen selbst nicht gefällt«, sagte sie, »Sie spielen, daß ich Mühe habe, meine Tränen zurückzuhalten.«

Er fühlte sich beschämt, schloß den Deckel über der Tastatur und wollte, um den Eindruck der Eitelkeit zu vermeiden, nicht weiter darüber reden. Er ging zum Tablett, goß Wermut in ein Glas und hielt dieses, bevor er daraus trank, Frau Altenschul entgegen, als wollte er sich entschuldigen. Dann ordnete er sein Hemd, zog sich eine Jacke an, und als er endlich in ihrer Nähe saß, bemerkte er den Brief und daß sie immer noch ihren Mantel anhatte. Sie sagte:

»Wer hat Sie so erschreckt? Wo ist er? Und wie konnten Sie denken, ich hätte Sie hintergangen?«

Er schwieg, sah sie lange aus übernächtigten Augen an.
»Was für eine Tageszeit haben wir?« fragte er.
»Es ist Nachmittag.«
»Und scheint die Sonne?«
»Ja.«
»Hätten Sie Lust, mit mir Auto zu fahren? Ich muß das Pianoforte, die fensterverhangene Düsternis, die mich so lange gefangengehalten hat, verlassen, um endlich einmal Tageslicht zu sehen.«

Damit bot er ihr, ohne ein weiteres Wort der Erklärung und nachdem er sich einen großen wollenen Schal über die Schultern gelegt hatte, seinen Arm und führte sie auf den Kiesweg hinaus.

Wenig später saß Frau Altenschul mit Lewanski in jenem Automobil der Marke Adler, das er vor Monaten in der Garage der Villa bewundert hatte. Sie hatte Mühe, den Übermut, mit dem er den Wagen steuerte, seine jugendliche Ausgelassenheit ernst zu nehmen, und da sie noch nie ein Gefährt, das zu solcher Geschwindigkeit fähig war, benutzt hatte, mußte sie sich mit den Händen am Griff ihrer Tür festhalten, um nicht schwindelig zu werden.

»Sehen Sie«, rief er, »wie alles glitzert!« und wies auf die Chausseebäume, die mit Reif überzogen waren.

Sie spürte den Brief in ihrer Tasche und wie sie, da der Mantel verrutscht war, darauf saß. Aber da Lewanski offenbar so wenig Wert auf ein klärendes Gespräch legte und immer nur, als sie nochmals bat, mit ihr über den Brief zu reden, auf hartnäckige Weise schwieg, beschloß sie, ihre Absicht, wenigstens solange diese Fahrt andauerte, zu vergessen.

Sie verließen die Stadt und fuhren auf die Heerstraße hinaus. Die Sonne war im Begriff, hinter den Baumkronen zu verschwinden, er summte leise vor sich hin, die Blässe seines Gesichts war verschwunden, die Ohren glühten ihm vor Erregung.

Ihm sei warm. Ob er das Fenster öffnen dürfe, wollte er wissen. Sie richtete sich auf, fest entschlossen, die leichte Übelkeit, die ihr die rasche Fahrt verursacht hatte, zu überwinden, um ihm die Freude nicht zu verderben.

»Aber ja«, sagte sie, »wir haben beide einen Schal.«

Und so öffnete er sein Fenster, aber keinen Spalt breit, sondern so weit sich die Kurbel bedienen ließ, und nun pfiff der Wind, als säßen sie in einer offenen Kutsche, zwischen ihnen hindurch, daß der leichte Schal, den Frau Altenschul trug, gegen den Fond des Wagens hin flatterte. Sie mußte lächeln über soviel Leichtsinn und jugendlichen Übermut, aber es war ihr angenehm, sich diesem Abenteuer auszusetzen, und das Gefühl, über derartige Eskapaden eigentlich hinaus zu sein, ließ sie nicht gelten.

Er fuhr schneller und schneller.

»Wenn es Sie ängstigt«, sagte er, aber in einem Ton der Begeisterung, dem sie sich nicht zu widersetzen gewagt hätte, »können wir anhalten. Sehen Sie«, sagte er, »in solch einem Wagen wäre ich gern gefahren, wenn man es mir erlaubt hätte.«

»Aber Sie fahren ihn doch«, antwortete sie.

Dann, nachdem sie die Heerstraße hinter sich gelassen und in Spandau die Havel und die Zitadelle erreicht hatten und er an dem Aufheulen des Motors, den er über das Pedal bediente, sein Genüge gehabt hatte, fuhren sie langsamer. Beide sahen auf das Licht der Scheinwerfer, die Lewanski eingeschaltet hatte, und da die Dämmerung noch hell genug war, entstand ein merkwürdiger gelblicher Schein, wie klarer Nebel, der ihnen voranleuchtete. Im Spandauer Forst wurde die Straße enger, sie verlief schnurgerade und war von den Kronen hoher Bäume überdeckt, und dort, wo eine Betonmauer die Weiterfahrt versperrte, sahen sie den Himmel wieder.

Frau Altenschul versicherte, wie angenehm ihr dieses langsame Dahingleiten war und daß sie ewig so, in dieser Beengtheit, den Dämmerschein vor Augen, würde verweilen können und daß dies ein Gefühl sei, als würde sie leben. Er stimmte ihr zu, versicherte aber, daß er, um dieses Gefühl für sich gelten zu lassen, auch sehr viel Aufregung nötig hätte.

»Und die Qual der Unzufriedenheit«, fügte er hinzu, »wenn ich vor einem Publikum spiele, das ich liebe, aber gleichzeitig zu fürchten habe.«

»Nun, dann haben Sie das Leben vor sich«, sagte sie. »Sie werden unzählige Konzerte geben.«

Er lächelte, beschloß, die Mauer, die ihnen den Weg versperrte, zu ignorieren und fuhr weiter in die märkische Landschaft hinaus.

Der Blick wurde freier. Sie fuhren zwischen Ackerland dahin, passierten den Havelkanal, eine kleine Ortschaft und entzifferten auf einem der Straßenschilder die Aufschrift SCHÖNWALDE.

Ob Neuruppin in der Nähe läge, wollte sie wissen.

Dies, meinte er, wäre eine Stunde Fahrt und länger, aber er würde, wenn sie dies wünsche, bis nach Fehrbellin fahren, um das Rhiner Luch zu sehen.

Sie winkte ab, und als er, um nicht die geringste Enttäuschung aufkommen zu lassen, versicherte, er wäre gern bereit, nach Neuruppin zu fahren, antwortete sie: Es sei nicht der Mühe wert, es sei ein Städtchen wie jedes andere. Sie sei dort geboren.

Dies irritierte ihn. Da er ihren Tod vor Augen hatte, erschien ihm ihre Geburt wie eine Legende. ›Und doch‹, dachte er, ›muß es dieser Vorgang gewesen sein, der uns immer noch zu schaffen macht.‹

Vor einem dichten Gehölz junger Kiefern hielt Lewanski den Wagen an und meinte, er hätte Lust, einige Schritte zu gehen. Sie stimmte zu, und nun gingen beide, indem sie einander, ohne besondere Absicht, an den Händen hielten, einen verschneiten Waldweg entlang, und Lewanski bemühte sich, Frau Altenschul, da es dunkel geworden war und die Unebenheiten des Bodens versteckt lagen, vor dem Stolpern zu bewahren.

Sie erreichten eine Lichtung, auf der man das Holz gefällter Kiefern zurechtgeschnitten und gestapelt hatte, es roch nach Harz, und zu ihrer Rechten, inmitten einer Lärchenschonung, entdeckten sie ein Gemäuer. Sie traten näher heran und erkannten die Reste einer kleinen Dorfkirche, wunderten sich, daß dies in solch einer Einöde möglich war, und als sie durch den Eingang, der von Brombeergestrüpp überwuchert wurde, in das Innere gelangten, bemerkte Frau Altenschul inmitten des Gewirrs herumliegender Dachziegel und Balken einen rechteckigen Stein, in den man das Abbild des Gekreuzigten gemeißelt hatte. Die Füße und ein Teil des Kopfes mit der Dornenkrone fehlten, doch man sah die Augen, aber auch diese nur angedeutet, weil sie der Regen ausgewaschen hatte.

»Sehen Sie«, sagte Frau Altenschul, »ich habe Religionen nie gemocht. Aber dieser da«, sagte sie und wies mit dem Finger auf den verwitterten Stein, »hat etwas Wahres an sich. Es heißt, er war Gottes Sohn. Er wollte die Menschheit erlösen. Man hat ihn gekreuzigt.«

Sie betrachteten eine Weile das Bildnis. Lewanski schauderte bei der Vorstellung, auf solch qualvolle Weise, hoch erhoben, für alle sichtbar, sterben zu müssen, und er erinnerte sich an den eigenen Tod, der rasch und unerwartet an ihm vollzogen worden war. Man hatte ihn auf dem Bahnhof von Litzmannstadt aufgegriffen, in einen kleinen Raum geführt, und, kaum daß er die Auskünfte, die man von ihm forderte, hatte geben können, spürte er einen Schlag gegen den Nacken und lag erschossen da. Aber wie er die Stiefel bemerkt hatte, die über ihn, in der Absicht, ihn nicht zu berühren, hinwegtraten, und die Gesten verächtlicher Eile, mit der man ihn auf einen Lastwagen warf, da erst fühlte er sich ein für allemal und auf demütigende Weise von den Lebenden ausgeschlossen.

›Und damals‹, dachte er, ›wie hätte ich mir damals gewünscht, nicht eines Menschen, sondern Gottes Sohn zu sein.‹

Sie wanderten noch eine gute Viertelstunde in der Nähe des Gemäuers umher, gingen zum Wagen zurück. Frau Altenschul, die bemerkt hatte, daß Lewanski nachdenklich geworden war, erwähnte noch einmal den Brief, wobei sie sich für dessen Zustand, er war zerknittert, da sie darauf gesessen hatte, entschuldigte. Sie bestand darauf, daß es nur geschehen konnte, weil Lewanski sie mit seinem Entschluß, eine gemeinsame Spazierfahrt zu unternehmen, überfallen hatte.

Auf dem Rückweg, der schweigsamer und ohne jeden Anflug von Ausgelassenheit, die Fenster waren jetzt geschlossen, verlief, nahm Lewanski plötzlich Frau Altenschuls Hand, führte sie gegen seine Lippen und sagte:

»Aber Sie haben recht. Bevor man sich um alle Hoffnung betrogen fühlen darf, sollte man es noch einmal versuchen.«

Und er sprach davon, wie sehr ihn die Bemerkung, daß sie in Neuruppin geboren worden sei, daran erinnert hätte: Nicht der Tod, die Geburt sei jener Vorgang, an den man ein für allemal gekettet bleibe.

Dies sagte er, und mit nachdrücklichem Eifer.

Als sie die Koenigsallee wieder erreicht hatten, waren sie müde und wünschten nach all den Eindrücken dieser Fahrt voneinander zu lassen. Er begleitete sie in die Voßstraße, sie stand einen Augenblick, bevor sie sich entschließen konnte, ins Haus zu gehen, wie ratlos, als würde sie erwarten, daß er noch etwas zu sagen hätte, da, und er schwieg ebenfalls und wußte nicht, wie er sich verabschieden sollte.

So wirkten sie wie ein schüchternes Paar, das sich näherzukommen wünschte, es aber nicht wagte und es bei der

Verwirrtheit, die darüber entstand, bewenden ließ. Als sie ihm die Hand gab und sagte: »Nicht wahr, Sie werden nicht allzu ungerecht gegen sich sein«, fand er keine Zeit zu antworten, so eilig war sie hinter der Tür, die sie mit einem Druck der Schulter geöffnet hatte, verschwunden.

9

Die E-Dur-Sonate Opus 109, das ist nun aber eine Musik, die ihre Nähe zur Missa solemnis nicht verleugnen kann.

Lewanski wußte, daß Beethoven Notizen zum ersten Satz neben solchen zum Gloria und Credo nebeneinander verfertigt hatte, ließ es aber unbeachtet, da er die Missa solemnis nicht kannte. Er fühlte sich angezogen von dem weichen, lyrischen Charakter dieser Sonate, folgte allen Anweisungen auf das empfindsamste, und dennoch spürte er: Es gab etwas, das sich seinem Verständnis verweigerte. Er dachte an Schulze-Bethmann und an dessen Bemerkung, daß er, Lewanski, für den späten Beethoven zu jung sei, und wie er ihm geraten hatte, seine Jugend der Erfahrung des Todes anzugleichen.

Diese Bemerkung war ihm rätselhaft. Wie sollte er die ständige Angst, entdeckt zu werden, den kurzen Wortwechsel auf dem Bahnhof von Litzmannstadt, der ihn ernüchtert hatte, und jenen Schlag gegen den Nacken, der zu unerwartet gekommen war, als daß er ihn hätte fürchten können, wie sollte ihm dies alles bei dem Andante molto cantabile ed espressivo von Nutzen sein?

Die ersten beiden Sätze, gut, hier war er leidlich mit sich zufrieden. Aber das Variationsfinale! Er begann das Mezza voce immer und immer wieder, ließ es begehrlicher werden, noch begehrlicher, nahm es zurück, begann die erste Variation mit einer Innigkeit, die fast schwärmerisch genannt werden mußte, nahm auch hier alles wieder zurück, begann die zweite Variation, und nun steigerte er, was er an Stimmung erreicht hatte, bis zur Verhaltenheit, drängte darüber hinaus, um es erneut zu zügeln. Das Allegro vivace spielte er ungeduldig bis zum Piacevole der vierten Variation, wo er sich Schritt für Schritt bis zum Il piu forte steigerte. Dabei erregte er sich so sehr, spielte das Allegro der fünften Variation mit einer Geschwindigkeit, daß er außer Atem kam, und das Cantabile der Schlußvariation hätte er laut jubilierend mitsingen können ...

Aber hier brach er regelmäßig ab, denn was folgen sollte, schien ihm unerreichbar zu sein. Er sollte, nachdem er sich derart erregt und den Höhepunkt seiner Empfindungen nicht mehr hätte überschreiten können, nach einer kurzen, trügerischen Ruhe nochmals über sich hinauswachsen und einen Trillersturm beginnen, der über zwei Seiten anhielt. Dann sollte wieder das Cantabile folgen, als würde sich über so viel Gewalt endlich der Himmel öffnen.

Er hatte sich im Charlottenburger Schloß über die sechste Variation hinweggezaubert, indem er so tat, als dürfte er die Sonate, nachdem er das Äußerste gegeben hatte, auf gefällige Weise ausklingen lassen. Aber ihm war nicht wohl dabei. Er ahnte, daß ihm alles, was für die letzten drei Seiten vorgeschrieben war, allzu schal geriet, wußte nicht, wie er dies ändern sollte, bestand aber auf dem Vorbehalt, Beethoven erst dann wieder zu spielen, wenn er sich dessen nicht schämen müßte.

»Was kann ich tun, um Ihnen diese Einbildung zu nehmen?« fragte Frau Altenschul, und er antwortete, ob es möglich wäre, einmal ungestört mit Herrn Schulze-Bethmann zu reden.

»Warum?« sagte sie. »Was haben Sie mit diesem Zyniker zu schaffen? Ich will nicht schlecht über ihn reden«, fügte sie hinzu, »aber er hat eine Art zu urteilen, die Ihnen nicht gefallen kann.«

Er versicherte, um sie zu beruhigen, daß er vor dem Passahfest ein neues Konzert geben werde, bestand aber darauf, daß sie ihm die Adresse Schulze-Bethmanns mitteilen sollte.

»Ich werde nur hingehen«, sagte er, »wenn ich glaube, daß er mir helfen kann.«

Damit war Frau Altenschul zufrieden.

Schulze-Bethmann bewohnte in der Nähe der Charité einen Holzbau, merkwürdig genug, daß dieser inmitten zweier Häuserfluchten stand. Offenbar hatte hier eine kleine Laubenkolonie gelegen, die abgerissen worden war, aber die Gärten, in denen Obstbäume standen, hatte man unberührt gelassen, und nun betrat Lewanski, indem er eine verrostete Pforte hinter sich schloß, einen schmalen, von Steinen eingefaßten Weg, der schnurgerade auf eine Veranda zuführte. Dies war der Eingang zu einem Sommerhaus, das man mit Ziegeln umkleidet und verschandelt hatte. Man sah, daß die Balken, die das Dach stützten und ein gutes Stück über die Wand hinausragten, liebevoll gedrechselt waren, so auch das Holz der Veranda, die man mit Glas versehen hatte.

»Ich bitte um Entschuldigung«, sagte Schulze-Bethmann, »daß ich Sie in diese Gegend und besonders in solch eine Behausung bitte, aber ich liebe dieses Provisorium, da ich mich nicht entschließen kann, wie Frau Altenschul es fordert, in Berlin wieder seßhaft zu sein.«

Er war, bevor Lewanski eine Klingel betätigen konnte, auf die Veranda hinausgetreten, übersah die Hand, die Lewanski ihm entgegenstreckte, führte ihn in den Flur, und Lewanski bemerkte, indem er Schulze-Bethmann seinen Mantel, den weißen Seidenschal übergab, daß dieser eine Kippa trug, und indem er noch bemüht war, ein Befremden darüber, das ihm unbillig schien, erst gar nicht aufkommen zu lassen, hatte Schulze-Bethmann die Kippa bereits abgesetzt.

»Wundern Sie sich nicht«, sagte er, »Sie werden auch in meiner Bibliothek gewisse Fetische finden«, und er wies, nachdem er die Tür zu einem weißgetünchten Raum geöffnet hatte und Lewanski vorausgegangen war, auf einen Quader, der in der Nähe des Fensters stand. Es war das Bruchstück einer Fassade, einen Löwenkopf darstellend, der in der Mitte geborsten und wieder gerichtet worden war, obenauf lag, in halbverkohltem Zustand, aber immer noch gut erkennbar, eine Thora.

»Fundstücke«, sagte Schulze-Bethmann, »eines Spaziergangs in die Oranienburger Straße. Sie wissen vielleicht, daß dort eine Synagoge stand. Ich habe mich nie als Jude gefühlt, aber das Schicksal weist uns eben gewisse Dinge zu.«

Dann, nachdem man sich einig geworden war, weder einen Tee noch sonst irgendwelche Getränke zu sich zu nehmen, sondern einfach nur dazusitzen und miteinander zu reden, setzte sich Schulze-Bethmann in einen Korbsessel Lewanski gegenüber, fragte, während er schon eine Zigarette in Brand setzte, ob es erlaubt sei zu rauchen, schlug die Beine übereinander, richtete seinen Blick dem Gast zu, wobei er die Augenbrauen auseinanderzog, als wollte er Lewanski auffordern, sich über die Gründe seines Besuchs zu erklären.

»Sie haben meine Karte bekommen?«

»Ja«, sagte Schulze-Bethmann, »ich habe Ihre Karte bekommen.«

»Nun«, sagte Lewanski, »ich will Sie nicht belästigen.«

Er hatte sich vorgenommen, diesen Besuch, damit er ihn nicht bereuen müßte, auf eine einzige Frage zu beschränken, nämlich:

»Ich möchte wissen«, sagte er, »warum ich, um den späten Beethoven zu spielen, meine Jugend der Erfahrung des Todes angleichen soll. Sie erinnern sich an Ihre Bemerkung?« fügte er hinzu.

»Aber ja doch«, antwortete Schulze-Bethmann.

Das Schweigen, das folgte, empfand Lewanski als Prüfung. Er glaubte zu spüren, daß sich Schulze-Bethmann im stillen amüsierte, zumindest war unverkennbar, daß er ihn noch unverhohlener, mit einer Beimischung von Ironie, zu mustern begann.

›Jetzt‹, dachte Lewanski, ›ist alles so, wie Frau Altenschul es vorausgesehen hat‹, und er wollte es bei diesem kurzen Dialog bewenden lassen, war auch schon im Begriff, sich zu erheben, um mit einer Floskel der Entschuldigung, die kurz und liebenswürdig barsch klingen sollte, aus dem Zimmer zu gehen, aber: ›Vielleicht hat jener dort, der dir so unnahbar und zynisch erscheint‹, dachte er, ›etwas zu sagen.‹

Er blieb sitzen, und in dieser gespannten Stille, völlig unerwartet, begann Lewanski sich zu erklären.

Er sei, sagte er, mit ganzer Seele Künstler, aber keinesfalls eitel genug, öffentlich aufzutreten, wenn die Selbstachtung ihm dies verbiete. Er sei nicht nur auf Beifall oder den Ruhm einer Karriere aus gewesen, sehr wohl aber möchte er, was er auf dem Pianoforte spiele, anderen begreiflich machen. Dies wäre, er erinnere sich genau, seine Seligkeit gewesen, bevor man ihn vom Leben zum Tode gebracht hätte: Die Empfindungen solch großer Komponisten wie Chopin oder Beethoven oder Schumann für sich und andere durch seine Kunst zum Erlebnis werden zu lassen.

»Natürlich«, sagte er, »Berlin ist nicht der Ort, der mich ermutigt, dies zu versuchen. Ich habe mich anfangs geweigert, in dieser Gegend zu bleiben, und es gibt durchaus Gründe, sich Frau Altenschuls Absichten zu widersetzen, aber«, fügte er hinzu, »ich habe mich, was meine Fähigkeiten betrifft, anders entschieden.«

Er sprach leise, wie zu sich selbst, und Schulze-Bethmann, der längere Zeit in den Garten hinausgesehen hatte, um endlich mit einem Lächeln, als wollte er sich entschuldigen, seine Aufmerksamkeit dem Gast doch noch zuzuwenden, sagte:

»Und nun haben Sie Mühe, sich mit der E-Dur-Sonate allgemein verständlich zu machen.«

»Sagen Sie mir«, antwortete Lewanski, »ob ich Talent genug habe, diese Sonate, die mir schon einmal mißlungen ist, endlich herbeizuzwingen.«

»Sie bleiben«, sagte Schulze-Bethmann, »auf alle Ewigkeit achtundzwanzig Jahre alt. Es könnte ja sein«, fügte er hinzu, »daß Ihr Mörder Sie nicht nur um das Leben, sondern auch um die Erfahrung des Todes betrogen hat.«

Damit steckte er den Rest der Zigarette in die silberne Spitze, die er zwischen Daumen und Zeigefinger hielt, zog daran mit ein, zwei kräftigen Zügen, bis alle Glut aufgebraucht war.

»Wie können Sie behaupten, ich hätte meinen Tod nicht erfahren.«

»Sie haben ihn erlitten«, sagte Schulze-Bethmann. »Waren Sie, bevor Sie starben, am Leben derart verzweifelt, daß Sie einen Gott bitten mußten, sich Ihrer zu erbarmen? Kyrie eleison! Sehen Sie, dies ist der verzweifelte Ruf derer, die an ihrem Leben ein Genüge haben und ihre Erlösung herbeisehnen. Nicht erst im Sterben beginnt die Erfahrung des Todes, die geistliche Gesänge hervorbringt oder bescheidenere Gebilde wie, sagen wir, die E-Dur-Sonate Opus 109 von Beethoven.«

Lewanski sah sein Gegenüber lange an, bemerkte, wie hager dessen Gesicht war und daß die gescheitelten Haare glänzten, als würde Schulze-Bethmann eine Salbe benutzen. Die schmalen Lippen, die Mundwinkel mit einem Ausdruck von Herablassung nach unten gezogen, unübersehbar die feinen, geschwungenen Brauen, im Gegensatz zu dem Grau der Schläfen tiefschwarz, als hätte man sie gefärbt, und dann – die Augen. Sie wirkten schwermütig, sie schienen der Härte dieses Mannes zu widersprechen.

Und wieder sah Schulze-Bethmann in den Garten hinaus, und Lewanski war es, als würde jemand, dessen Anwesenheit er übersehen hatte, die Veranda betreten. Schulze-Bethmann erhob sich, verließ das Zimmer, Lewanski hörte einige Worte der Begrüßung, bemerkte durch die halb geschlossene Tür hindurch, daß da noch jemand war, der aus der Tiefe des engen Korridors, als wollte er sich verstecken, leise auf Schulze-Bethmann einredete. Lewanski sah die Hände in heftiger Bewegung und erkannte, als Schulze-Bethmann zur Seite trat und den Blick auf seinen Gast freigab, das Gesicht jenes Uniformierten, gegen den er handgreiflich geworden war.

»Ich bitte um Entschuldigung«, sagte Schulze-Bethmann, als er ins Zimmer zurückkehrte, »ich habe einen Gast, der Sie erschrecken wird.«

»Aber warum«, antwortete Lewanski, der außerstande war, unhöflich zu erscheinen, »nehmen Sie auf mich keinerlei Rücksichten.«

Er erhob sich, blickte in Richtung auf den Korridor, und nun trat der andere ein.

»Sie sind, wie ich höre, miteinander bekannt«, sagte Schulze-Bethmann.

Der Uniformierte lächelte, nahm seine Mütze ab, klemmte sie unter die linke Achsel, und als Schulze-Bethmann ihn aufforderte, in seiner Nähe auf einem Stuhl Platz zu nehmen, sah man, daß er Mühe hatte, dies auch wirklich zu tun.

Lewanski wußte nicht zu sagen, warum er, als man endlich, durch einen kleinen Teetisch getrennt, beieinandersaß, dies so ruhig, ja mit einem Anflug von resignativer Gelassenheit, hinnahm. Er bemerkte, wie flachsblond das Haar des Uniformierten war und daß er unterhalb der Schläfe, dort wo Lewanski ihn verletzt hatte, ein Pflaster trug.

Schulze-Bethmann rauchte, sah immer nur auf die Spitzen seiner Lackschuhe, die er auf und ab wippen ließ, der

Uniformierte räusperte sich gelegentlich, und da diese gespannte Stille nicht länger, ohne peinlich zu werden, hätte dauern können, sagte Schulze-Bethmann schließlich:

»Ich glaube, wir sollten keine falschen Rücksichten nehmen. Dies«, und dabei wies er mit seiner rechten Hand auf den Uniformierten, »ist Hauptsturmführer Klevenow. Ich will Ihnen nicht verschweigen, daß ich die Angewohnheit habe, meinen Mörder zu empfangen.«

Und nun sprach er davon, daß Herr Klevenow ihn, Schulze-Bethmann, mit einem Seil nahe einem Birkenwäldchen sehr rasch und in bester Absicht erdrosselt hätte. Er sage dies ohne Ironie. Im Leben, fügte er hinzu, geschehe fast alles, auch das Erdrosseln, in bester Absicht, und Herr Klevenow wäre allerdings der Meinung gewesen, daß es geboten sei, einen Juden derart zu behandeln. Insofern müsse man Herrn Klevenow, fügte er weiter hinzu und widerstand der Versuchung, diesen mit einer freundlichen Bewegung der Hand zu berühren, aufrichtig bedauern. Er habe die Menschheit bessern wollen, stünde nun aber als gemeiner Mörder da. Es sei nicht unerheblich, sagte Schulze-Bethmann, wie um seinem Mörder, der aschfahl geworden war, verbindlicher zu begegnen, daß Herr Klevenow die Insignien seiner hochmütigen Absicht sofort, nachdem er selber hätte sterben müssen, an sich entfernt habe und daß er wünsche, dies als Eingeständnis seiner Schuld zu werten. Denn eines müsse der Mörder, spätestens nachdem er den Zustand seines Opfers erreicht hätte, erfahren: Daß seine Tat sinnlos gewesen sei und daß er sie ebensogut hätte unterlassen können. Und daß dies, fügte er hinzu und war ganz ernst und darum bemüht, seine Augen, die allen Glanz verloren hatten, nur noch auf die Spitzen seiner Schuhe zu richten, daß dies, wiederholte er, solange wir bei Atem sind, nie geschieht, daß wir einander bei guter Gesundheit und in bester Absicht immer nur hassen, demütigen, quälen, töten können, daß es uns nie gelingt, unserem Dasein wenigstens, indem wir einander freundlich begegnen, einen Schein von Berechtigung zu geben ... »Dies«, sagte Schulze-Bethmann, »nenne ich den Wahnsinn des Lebens, und Sie werden einsehen, daß ich keine allzu große Lust habe, einen derartigen Zustand, nachdem man mich frühzeitig darum gebracht hat, im Tode nachzuholen.«

»Und warum besuchen Sie Frau Altenschul?«

»Um meine Unlust zu steigern.«

Aber nun sprach der Uniformierte, dessen Gesicht sich, nach anfänglicher Blässe, vor Eifer zu röten begann, und besonders die Ohren glühten ihm, als er sagte:

Er müsse Herrn Schulze-Bethmann, bei aller Hochachtung, energisch widersprechen. Es sei ja bekannt, daß dieser auch als Novellist dem Leben immer nur die düsteren Seiten zuerkannt hätte und daß er dem eigenen Tod, den er, Lutz Klevenow, zu verantworten habe, derart gelassen begegne, dafür fehle ihm jedes Verständnis. Denn das Leben, fuhr er fort und beugte sich über den Tisch hinweg Lewanski entgegen, sei doch etwas Einmaliges, Unwiederholbares, und niemand hätte das Recht, diese kurze Spanne Zeit, die er, das müsse er sagen, außerordentlich genossen habe, bei sich selbst oder anderen abzukürzen. Ja, er habe gern gelebt, wiederholte er immer und immer wieder, und er könne verstehen, daß Lewanski, mit dem er sich an Begabung, an Außergewöhnlichkeit keinesfalls messen könne, versuchen wolle, das Leben, ja was gäbe es Herrlicheres als das Leben, im Tode nachzuholen. Und aus diesem Grund, versicherte Klevenow, würden er und sein Kamerad die Bemühungen der Frau Altenschul voller Wohlwollen und mit hartnäckigem Interesse unterstützen. Man klopfe nun schon seit Jahren gegen das Portal jener Villa in der Voßstraße, um seiner Aufmerksamkeit Nachdruck zu verleihen, leider ohne Erfolg. Ja, wenn man es ihm oder seinem Kameraden nur einmal erlauben würde, vor jenen Juden, an denen sie schuldig geworden seien, einige Worte zu sprechen, er würde sagen: Wem es gelänge, den gewaltsamen Widerruf seines Lebens rückgängig zu machen, der hätte auch seinen Mörder erlöst!

»Verstehen Sie mich, mein Herr!« rief er. »Wenn Sie vor Ihrem Pianoforte sitzen und derart unnachahmlich spielen, wenn Sie mich und andere zu Tränen rühren, wie sollte ich mir keine Hoffnung darüber machen, daß Sie alle Kunst, um die man Sie gebracht hat, wieder hervorzaubern und daß Sie damit das Unrecht, das man Ihnen angetan hat, ganz und gar unerheblich machen!«

Lewanski sah, wie sich das Pflaster, das Klevenow trug, zu lösen begann und wie ihm ein kleines, kaum merkbares Rinnsal über die Wange lief und wie er ein Taschentuch zog und bemüht war, das Pflaster doch noch über der Wunde zu halten.

Man schwieg und dies dauerte, bis Klevenow wieder ruhig geworden war, sich erhob, zum Fenster ging, und da dies die einzige Öffnung war, die dem Zimmer Licht gab, sah man die Konturen seiner Erscheinung besonders scharf und daß er die Sonne im Gesicht hatte und bewegungslos mit einem Ausdruck von Fremdheit dastand.

»Wäre ich Pianist«, sagte Schulze-Bethmann, aber leise, so daß nur Lewanski seine Worte verstehen konnte, »ich wüßte ein Publikum, für das es sich lohnte, noch einmal zu spielen.«

»Was meinen Sie?« fragte Lewanski.

»Die Erde«, antwortete Schulze-Bethmann, »über die wir hier gehen, um zu unserer neuen Freundin, Frau Altenschul, zu gelangen, verbirgt Unaussprechliches. Ich hoffe, Sie ahnen, was ich damit meine. In der Nähe jenes Palastes, der zerstört wurde, aber doch noch von Gestalten wie dieser frequentiert wird«, fügte er hinzu und wies mit dem Daumen seiner rechten Hand in Richtung auf das Fenster,

»befindet sich ein großes Grabmal, von dem man sagt, daß tief unter ihm, im märkischen Sand, all jene, die wir zu fürchten hatten, auf ihre Erlösung warten und also in bußfertiger Weise versammelt sind.«

Lewanski erschrak, und Schulze-Bethmann, der einsah, daß er mit dieser Bemerkung zu weit gegangen war, sagte:

»Ich sehe sehr wohl, daß ein genialer junger Mann, dessen Leidenschaft das Klavierspiel ist, wünschen kann, er möge es darin zur Meisterschaft und Reife bringen. Trotzdem: Ist es nicht so, daß der gewöhnliche Konzertbesucher mitunter langweilt und daß der Künstler der Welt mehr geben will als bloße Virtuosität? Aber«, und nun wandte er sich schon seinem anderen Gast, dem Uniformierten, zu, »ich will Sie nicht drängen. Jeder tut, was er für richtig hält. Vielleicht besorgen Sie sich, um die E-Dur-Sonate aus dem Geiste der Melancholie zu verstehen, erst einmal die Partitur der Missa solemnis.«

Als Lewanski sich verabschiedet und den Weg durch die Obstbäume hinter sich gelassen hatte, sah er, bevor er die Gartenpforte schloß, noch einmal zurück, und es war ihm, als würden Klevenow und Schulze-Bethmann die Veranda betreten. Er hörte einige Worte, die man ihm zurief, als wollte man ihn ermuntern, recht bald wieder zu erscheinen, aber alles war vage und unbestimmt, und die Veranda entzog sich, da sie von Bäumen verdeckt wurde, seinen Blicken.

›Die Erde, über die wir hier gehen, um zu unserer neuen Freundin, Frau Altenschul, zu gelangen, verbirgt Unaussprechliches‹, dachte Lewanski, und er konnte, als er in die Koenigsallee zurückgekehrt war, den Schein der Lampe, die er zu löschen vergessen hatte, nicht ertragen, und die Sonne, die durch die Vorhänge hindurch dem Zimmer einen Vorschein frühlingshafter Grelle gab, tat ihm weh. So saß er lange, nachdem er für mehr Dunkelheit gesorgt hatte, in einem Sessel nahe der Halbsäule, bemerkte nicht, wie hoffnungslos vertrocknet die Aralie war, deren schwarzgelbe Blätter sich auf merkwürdige Weise verformt hatten, und er wünschte sich eine Jahreszeit herbei, die seiner Niedergeschlagenheit geschmeichelt hätte.

Er wollte, was er diesen Nachmittag erlebt hatte, Frau Altenschul mitteilen, aber ihm kamen Zweifel, ob es ratsam wäre, ihr Mißtrauen gegen Schulze-Bethmann, das offensichtlich war, noch zu schüren. Und war es nicht denkbar, daß sich Schulze-Bethmann zu seinen Äußerungen ohne Absicht, wie nebenbei, aus der Laune einer vertrauten, übermütigen Nähe hatte hinreißen lassen?

Er blätterte in der Partitur der Missa solemnis, die er in der Oranienburger Straße gekauft hatte, wollte, soweit es die Dämmerung, die in dem Raum herrschte, zuließ, auch darin lesen, konnte aber den Sinn dessen, was er vor Augen hatte, nicht erfassen, fühlte sich genötigt, im Zimmer auf und ab zu gehen, um seine Unruhe, die sich steigerte, erträglich zu halten. Er versuchte, sich zu erinnern, was er mit seinem Besuch nahe der Charité, den er doch erbeten hatte, für sich als Künstler, dies war ein Kriterium, das er immer gelten ließ, hinzugewonnen hatte. Er wußte es nicht zu sagen. Stattdessen kam ihm der Verdacht, daß er durch die Anwesenheit des Uniformierten und die Bemerkungen Schulze-Bethmanns auf unheimliche, ruchlose Weise dazu verführt werden sollte, etwas zu wünschen, das er unmöglich billigen konnte.

›Die Erde, über die wir hier gehen, um zu unserer neuen Freundin, Frau Altenschul, zu gelangen, verbirgt Unaussprechliches‹, wiederholte er, und da er seine Unruhe nicht bändigen konnte und die Gedanken, die ihn bedrängten, fürchtete, verließ er die Villa wieder. Eine Stunde später stand er vor dem erstaunten Liebermann und ließ sich, ohne Umstände zu machen, ins Atelier bitten.

10

»Tja«, sagte Liebermann, nahm seinen Kneifer ab und schwieg, als wollte er, was er eben gehört hatte, nochmals überprüfen. »Es ist aber doch«, sagte er, »gut gemeint, und die Anwesenheit Klevenows konnte nicht mißverstanden werden.«

Lewanski starrte auf die Vase aus chinesischem Porzellan, die ihm den Blick über den Tisch hinaus verstellte. Liebermann wollte ihm einen Likör reichen, stellte das Glas, als Lewanski keine Anstalten machte, danach zu greifen, neben die Vase, trat an das hohe Atelierfenster und sah in die Dunkelheit hinaus.

»Natürlich«, fügte er nach einer Weile hinzu, »der Mann (und damit meinte er Schulze-Bethmann) hat mit dem, was wir gemeinhin das Leben nannten, wenig im Sinn. Es gibt Leute, die lasten alle Schuld nur dem Lebendigen an, und vielleicht bedauert er sein gewaltsames Ende weniger als jene, deren Gesellschaft er aufsucht.«

»Er wünscht, mit seinem Mörder einig zu sein«, sagte Lewanski.

»Dies ist, das gebe ich zu, ein verwegener Gedanke«, antwortete Liebermann, »aber er ist versöhnlich gemeint«, und als er sah, wie verständnislos, ja hilflos Lewanski seinen Blick erwiderte, sagte er: »Ich mag diesen Mann auch nicht, aber wollen Sie ihm verbieten, über den Zustand des Todes eine besondere Meinung zu haben?«

Er setzte sich auf einen Gartenstuhl, betrachtete ein Selbstbildnis, an dem er malte, und Lewanski sah in dem hohen Spiegel, der auf einer Staffelei angebracht war, Liebermanns Gesicht, das von der nahen Lampe und dem schwachen Widerschein des Himmels, der durch das Atelierfenster fiel, genügend Licht erhielt. Er sah den kahlen Schädel, dessen Nacken ausrasiert war, die energische, bis zum Schnauzbart herabgezogene Nase, den prüfenden Ernst der Augen und jene zwei Falten, die von der Nasenwurzel aus über die Stirn liefen und die der aristokratisch wirkenden Erscheinung etwas Bekümmertes gaben.

Er wurde ruhiger und ließ die abwesende Aufmerksamkeit seines Gastgebers gern gelten, weil es ihm gefiel, daß Liebermann auf unbedingte Weise und ohne sich um Höflichkeiten zu kümmern, plötzlich mit seiner Kunst beschäftigt war.

›Was für ein Mut zur Selbstverliebtheit‹, dachte Lewanski, ›vor einem Spiegel sitzend, mit dem eigenen Anblick beschäftigt zu sein!‹ Dies hatte er an den Malern immer bewundert.

Liebermann nahm einen kleinen Pinsel zur Hand und begann, auf der Leinwand, vor der er saß, herumzutupfen, gab dem Strohhut, den er seinem Konterfei aufgesetzt hatte, etwas mehr Gelb, und nun war es Lewanski, als hätte auch er, wie jener nachdenkliche, ehrfurchtgebietende Greis, das Recht, Dinge zu tun, die einzig seinem Selbstgefühl schmeichelten.

»Es ist unmöglich«, sagte er. »Niemand wird mich zwingen, vor einem Publikum zu spielen, das derart schuldig geworden ist.«

»Das verlangt auch niemand«, antwortete Liebermann. »Sie erwähnten ja, Sie hatten auf Ihren Spaziergängen Begegnungen ähnlicher Art, die Ihnen unannehmbar waren. Trotzdem würde es mir leid tun, sollte man Schulze-Bethmann gründlich mißverstehen, nur weil er über die Abgründe des Lebens großzügiger als andere zu urteilen imstande ist.«

Damit erhob er sich wieder, begann den Pinsel mit einem Leinentuch zu säubern, ging zum Tisch, nahm sein Glas mit Likör auf, das er, da auch Lewanski nicht trank, unberührt hatte stehen lassen.

»Es heißt doch«, sagte er, »im Tode wären wir alle gleich, und wer seinen Mörder empfängt, um ihm zu verzeihen, tja ... Warum sollten wir die Eigenschaft der Lebenden, die ihrer Unverträglichkeit keine Grenze geben können, beibehalten?«

»Würden Sie dies auch Frau Altenschul erklären?«

»Kein Wort!« rief Liebermann. »Kein einziges Wort! Ich möchte auch Sie bitten, über das Erlebnis, das Sie diesen Nachmittag hatten, zu schweigen.«

Sein plötzlicher Eifer verriet, wie sehr ihm das Wohlbefinden dieser Frau am Herzen lag. Er versicherte, daß es Menschen gäbe, für die nicht so sehr der gewaltsame Tod, sondern die Umstände, unter denen er geschieht, ganz und gar unannehmbar sind.

»Ich möchte Ihnen ersparen«, fügte er hinzu, »jenen Ekel zu erklären, den Frau Altenschul darüber empfand, daß man sie unbekleidet und womöglich unter Gelächter in eine Grube geworfen hat. Das Sterben ist die letzte, sublimste Form unseres Daseins, und Sie können sich vorstellen, wieviel Mühe Frau Altenschul, die den schönen Dingen des Lebens zugetan war, darauf verwenden mußte, ihr erbärmliches Ende zu vergessen.«

Er trank seinen Likör, aber wie jemand, dem etwas Bitteres, das er hastig schlucken muß, zugemutet wird, dann ging er langsam zur äußersten Ecke des Ateliers, dorthin, wo ein lederner Sessel stand, dessen Armlehnen gedrechselt waren. Für Augenblicke stand er davor, als könne er sich nicht entschließen, Platz zu nehmen, aber nachdem dies doch geschehen war, gab er, hochaufgerichtet, die Beine übereinandergeschlagen, den rechten Arm auf den Knien, den linken auf der Lehne, einen Anblick äußerster Betroffenheit.

»Sie werden Ihr Versprechen halten, Sie werden spätestens bis Ostern ein neues Konzert geben?«

»Aber ja doch«, antwortete Lewanski.

»Sie wissen, daß Sie Frau Altenschuls einzige Hoffnung sind. Wenn der Gedanke, das Leben im Tode nachzuholen, einen Sinn hätte, Sie könnten ihn erfüllen. Und Sie werden zugeben, daß man Frau Altenschul zumindest dafür dankbar sein muß, daß sie sich um Ihr Talent, um das man Sie gebracht hat, in besonderer Weise kümmert.«

»Aber ja doch«, antwortete Lewanski.

Als Liebermann seinen Gast zur Tür begleitete und mit einem Anflug von Hartnäckigkeit wissen wollte, mit welcher Musik Lewanski zur Zeit beschäftigt sei und ob es denkbar wäre, die Alte Philharmonie für das nächste Vorhaben zu nutzen, hatte dieser, der schon auf die Straße hinausgetreten war, Mühe, sich über derlei Fragen, von denen er sich bedrängt fühlte, nicht zu ärgern.

»Machen Sie sich keine Sorgen«, sagte er etwas zu schroff. »Ich bin im Begriff, Erfahrungen für den späten Beethoven zu sammeln.«

Die Straße überquerend, bemerkte Lewanski, wie Liebermann in der Haustür stehenblieb, offenbar besorgt darüber, daß er, statt über die Wilhelmstraße zu gehen, durch einige Büsche hindurch auf das freie Feld hinaustrat.

Der Himmel war klar, und er sah gegen die Voßstraße hin die Villa der Frau Altenschul und wie sich, fast bis zur Bellevuestraße, Park an Park reihte, und er wunderte sich, daß er die Ansammlung herrschaftlicher Gebäude darin nie bemerkt hatte. Oder hatte man sie, seit Frau Altenschul wieder ansässig geworden war, neu errichtet?

Gegen Westen, dort, wo eine übermannshohe Mauer den Zutritt zum Tiergarten versperrte, fuhr ihm ein gepanzerter Wagen mit aufgeblendeten Scheinwerfern entgegen, so daß er sich genötigt fühlte auszuweichen, und nun stand er unversehens vor jenem Erdhügel, dessen Silhouette unwirklich und einschüchternd aufragte, seltsam genug, daß man dieses Gebilde inmitten eines säuberlich planierten Rechtecks errichtet hatte. Die Erde, die hier aufgehäuft lag, glänzte vor Nässe, es gab keinerlei Spuren von Gras oder Unkraut, nur den Eindruck zeitloser Frische.

Lewanski erschrak, als der gepanzerte Wagen, offenbar eine der üblichen Patrouillen, plötzlich die Fahrtrichtung änderte und in einem Bogen auf den Erdhügel zufuhr, wobei die Scheinwerfer Lewanskis Schatten gegen ein Gemäuer warfen, das ihm verborgen geblieben war. Er trat einige Schritte zurück, in der Absicht, unentdeckt zu bleiben.

Der Wagen hielt, Bewaffnete stiegen aus und leuchteten, als hätten sie etwas Verdächtiges bemerkt, den Erdhügel mit Stablampen ab. Lewanski sah das Schimmern ihrer Helme und wie sie bemüht waren, jenen halbverfallenen Eingang, in dem er stand, zu meiden. Keine drei Schritte vor ihm beschrieben sie mit ihren Lampen große Kreise, und Lewanski kam es vor, als stünde er zwischen Säulen aus Marmor, darüber ein Fries, aber alles war derart mit Nässe und Kalk überzogen, daß er nicht wußte, ob er sich getäuscht hatte.

Als die Uniformierten den gepanzerten Wagen wieder bestiegen und sich mit aufheulendem Motor entfernten, sah er nichts als Erde und Reste moosüberzogener Ziegel, aber in seinem Nacken spürte er so etwas wie Wärme und daß sich ein Abgrund auftat, und als sich der schwache Wind, der von Nordwesten, vom Brandenburger Tor her, wehte, in dem Gemäuer, unter dem er stand, verfing, war es ihm, als hörte er ein Flüstern und Summen, und es dauerte lange, ehe er sich aus der allzu engen Nähe dieses Erdhügels wieder lösen konnte.

Hinter den hohen Bäumen, als er die Bellevuestraße betrat, sah er noch einmal zurück auf das öde und reizlose, von dem künstlichen Licht der Stadt kaum beschienene Rechteck und verstand nicht, warum ihn diese kurze Wanderung, dieses Verweilen an einem Haufen Erde, so sonderbar berührt hatte.

11

Dies geschah im März. Für Mitte April hatte Lewanski sein nächstes Konzert angesagt. Zunächst fürchtete er, daß er sich, bis aufs Äußerste verunsichert, ohne Konzentration am Pianoforte würde quälen müssen, aber er täuschte sich. Es folgten Wochen ohne Schlaf und Ruhe, in denen er sich entschied, alle Begegnungen, die ihn bedrückt hatten, zu vergessen und nichts anderes zu tun, als was der Augenblick ihm eingab. An Frau Altenschul schrieb er, um sein schlechtes Gewissen, sie war die einzige, die er nicht mehr aufgesucht hatte, zu beruhigen:

»Ich übe Tag und Nacht auf dem Klavier, und da ich unweit jenes Sees wohne, der mich schon einmal fasziniert hat, weil er so düster und abgrundtief wirkt, will ich auch jetzt, sowie das Wetter es zuläßt, wieder dahin spazierengehen, um mir die Stimmung für die späten Beethoven-Sonaten zu holen.«

Aber merkwürdig: Die Variationen der E-Dur-Sonate gingen ihm nun spielend von der Hand, wenigstens glaubte er, daß ihm der Trillersturm, wenn er dem Augenblick vertraute, unangestrengt, jubilierend, wie die Musik einer Auferstehung, gelingen würde, und auch, als er in der Missa solemnis blätterte und ganze Partien laut summend rezitierte, verlor er das düstere Gefühl, das Schulze-Bethmann ihm aufgedrängt hatte, als er davon sprach, daß man, um derlei zu begreifen und zu formen, die Melancholie eines langen Lebens hinter sich haben müsse.

»Bin ich nicht gestorben«, rief er, »und ist dies nicht die Musik eines ewigen Lebens! Und habe ich nicht das Recht, wie jeder andere auch, an allen Empfindungen und Erscheinungen dieser Welt teilzunehmen!«

Der plötzlich über Nacht hervorbrechende Frühling gab ihm das sichere Gefühl, daß es ihm erlaubt sein müßte, es der Natur gleichzutun, die mit der Kraft des Unbedenklichen grünte und blühte, und da er die eigene Form abgestreift hatte und frei, unterschiedslos nur noch dem Wesentlichen verbunden war, genügte ihm ein Blick auf die Kastanien vor seinem Zimmer, um sich in seiner Euphorie zu bestätigen.

›Es gibt kein endgültiges Absterben‹, dachte er, ›ich spüre ja, wie alles sich erneuert, wie es, kaum daß es leblos erscheint, wieder atmet. Und wer sollte meinen Geist daran hindern, sich jene Form zu wählen, die einzig zu ihm paßt?‹ »Ich bin Pianist«, rief er, »jawohl, Pianist! Und ich werde der Welt zeigen, daß ich gerade dort, wo man mich verhindern wollte, wieder erscheine!«

Er ging, wenn er besonders erregt war und wenn er glaubte, er dürfe die Meisterschaft, die er erreicht hatte, nicht durch ewige Wiederholungen ermüden, in den Garten hinaus und berauschte sich an den Büschen voller Jasmin, und den Flieder hatte er längst geplündert und in jene Vase gesteckt, aus der er die Aralie entfernt hatte, weil er ihren hoffnungslosen, verwelkten Anblick nicht mehr ertragen konnte.

Aber merkwürdig: Dann kamen wieder Stunden, in denen er seiner intuitiven Kraft, die ihm so plötzlich zugewachsen war, mißtraute. Er ertappte sich dabei, wie seine Gedanken im Gefühl der Vorfreude nicht nur, was er doch für selbstverständlich gehalten hätte, auf das Publikum der Alten Philharmonie sich richteten, sondern er wünschte gleichzeitig, vor anderen, anspruchsvolleren Zuhörern zu spielen, die, und hier fiel ihm Schulze-Bethmanns letzte

Bemerkung ein, nicht nur seiner Virtuosität wegen dasaßen. Und dies, dachte er mit Entsetzen, konnten doch nur jene sein, die seine Anwesenheit wie eine Erlösung herbeiwünschten und die man unter dem Erdhügel nahe der Wilhelmstraße vermutete. Er machte sich heftige Vorwürfe.

Wie können Juden, die man auf heimtückische Weise ermordet hat, die Nachbarschaft ihrer Mörder aufsuchen! Und ob jene, dachte er, die ihm den Nacken zerschossen hätten, nun durch Frau Altenschuls Bemühungen, in die glückliche Lage versetzt seien, ihrem Opfer, nach dem Vergnügen des Totschlags, auch noch beim Klavierspiel zuzusehen! Ob man es nicht vorziehen sollte, statt an dem Ort seiner Heimsuchung Konzertabende zu geben, ein für allemal stumm unter der Erde zu bleiben! Denn dies müsse er, dachte Lewanski, seinen Schicksalsgefährten allerdings sagen: Was einem im Leben geschieht, dafür sei man nicht verantwortlich, aber wer sich im Tode in Parks, womöglich über die Gebeine verscharrter Brüder und Schwestern hinweg, zu Spaziergängen versteht, in einer Stadt, die eine Schädelstätte genannt werden muß, wer geplünderte Villen, und seien sie tausendmal jenes Eigentum, das einem aus dem Herzen gerissen wurde, wieder instandsetzt, um darin Feste zu feiern, mußte der nicht erbärmlich und würdelos genannt werden?

Er verschloß das Pianoforte, wollte nie wieder daran rühren, wenn seine Eitelkeit, ja er rechnete dies seiner Eitelkeit zu, ihm derart verwegene Wünsche vorgaukelte, und er wußte nicht zu sagen, ob die plötzliche Meisterschaft, deren er habhaft geworden war, nicht einen ganz und gar verruchten Grund hatte.

In dieser Stimmung trieb ihn das schlechte Gewissen an den See hinaus, und hier wollte er zwischen Binsen und Schilf alle Wünsche, Erlebnisse, Empfindungen der letzten Monate, seit er in Berlin wieder seßhaft geworden war, vergessen.

»Merkst du denn nicht«, rief er, »daß du in die alte Schlangengrube gefallen bist! Lieber, als jenen wieder zu begegnen, will ich der Schatten sein, zu dem sie mich gemacht haben!« Und er fühlte, als er das Gewässer umwanderte, ein Bedürfnis nach gleichgültiger, antriebsloser Ruhe, ihm war, als könne er allein in der Ununterschiedenheit mit der Natur und nirgends sonst ein dauerndes Genüge finden.

Als Knabe, in jenen Jahren, in denen die Neugierde alle anderen Lebensäußerungen spielerisch überwuchert, hatte er oft an den eigenen Tod gedacht und an der Vorstellung Gefallen gefunden, er wäre der Beginn einer Wanderschaft durch alle Dinge hindurch, die er täglich vor Augen hatte. Er hatte sich gewünscht, eine Pappel zu sein, zwischen deren Blättern der Wind ununterbrochen beschäftigt war. Oder er wollte werden wie die Kiebitze, die auf den überschwemmten Wiesen geheimnisvoll hierhin und dorthin unterwegs waren und von denen man nicht wissen konnte, was sie so ruhelos umhertrieb.

›Wenn ich gestorben bin‹, hatte er gedacht, ›bin ich überall und also auch mitten unter ihnen.‹

Er achtete kaum darauf, daß er zu nahe ans Ufer geraten war und daß das Wasser seine Schuhe durchnäßte. Er sah den Stamm einer Erle und wünschte, sich auf dem äußersten Ende niederzulassen, dort, wo einige Bleßhühner miteinander stritten. Er war auch schon, in seiner Selbstvergessenheit auf dem Stamm balancierend, zur Mitte gekommen, spürte die Tiefe des Wassers und wie das Holz unter ihm nachgab und wie er die Tiere, wenn er den Arm nur weit genug von sich streckte, würde erreichen können ... Da flogen sie plötzlich und, wie es ihm schien, mit überlautem Flügelschlag auf, überquerten erregt die kurze Strecke, die nötig war, um das andere Ufer zu erreichen, und wo sie sich niederließen, ganz in der Nähe, stand jemand, der Lewanski beobachtete. Er trug eine Uniform und Insignien, die in dem schwachen Widerschein des Wassers aufblinkten und über deren Natur niemand im Zweifel sein konnte.

»Wie denn!« rief Lewanski, der Mühe hatte, auf dem schwankenden Grund, auf dem er stand, Halt zu finden. »Habt ihr mich umgebracht, um mir noch im Zustand des Todes keine Ruhe zu lassen?« Und er konnte, da seine Empörung ihn so sehr erregte, nicht verhindern, daß er mit einem Fuß ins Wasser trat. Und weil ihn dies Mißgeschick zusätzlich ärgerte, riß er einen Ast aus einer Erle, fest entschlossen, mit diesem Knüppel auf den Uniformierten einzuschlagen, falls dieser nicht augenblicklich aus seiner Nähe ging. Er erreichte sein Gegenüber mit wenigen Sätzen, indem er den See, dort, wo er sumpfig, aber begehbar war, abkürzte, nicht darauf achtend, wie ihm Binsen und Schilf, die er mit den Schuhen heruntertrat, den Anzug beschmutzten.

Der andere aber blieb unbeweglich, und auch, als Lewanski, kaum daß er ihn erreicht hatte, mit dem Holz auf ihn einzuschlagen begann, rührte er sich nicht, machte keinen Versuch der Abwehr. Die Mütze flog ihm vom Kopf, er ließ es unbeachtet. Über seinem Gesicht lag ein Ausdruck von Verwunderung, aber dann war er genötigt auszuweichen, wollte er nicht von den heftigen Schlägen Lewanskis, der mit beiden Armen immer wieder ausholte, zu Boden geworfen werden. Er versuchte, Distanz zu gewinnen, und dies war nur möglich, indem er vom Ufer weg auf das Wasser zuging. Er tat es langsam und mußte, weil er Lewanski ansah, rückwärts gehen, sein Gesicht blutete, aber dies schien er nicht zu bemerken. Als er bis zu den Hüften im Wasser war und Lewanskis Knüppel nicht mehr ausreichte, um ihn zu berühren, blieb er stehen, bewegte auch die Arme nicht, um die Jacke seiner Uniform, deren Knöpfe sich gelöst hatten, wieder zu schließen. Er gab einen Anblick äußerster Ergebenheit, sah ruhig zu, wie Lewanski, immer noch außer sich vor Empörung, nach einigen Feldsteinen griff, und als er davon getroffen wurde, sank er auf die Knie.

Dabei hob er den Kopf, um wenigstens diesen über Wasser zu halten, und nun sah man seinen Hals und daß er ein Wundmal hatte, eine blauunterlaufene Spur oberhalb der Kehle. Dies bemerkte Lewanski und erschrak. Ein Gefühl augenblicklicher Reue überkam ihn, derart heftig, daß er sein Herz schlagen hörte.

»Man hat ihn gerichtet«, flüsterte er und starrte auf den anderen, von dem er eben noch gewünscht hatte, er möge versinken, wie auf eine apokalyptische Erscheinung.

»Man hat ihn gerichtet«, wiederholte er und ließ, was er in den Händen hatte, fallen. Und als er sich abwandte, um rasch fortzugehen, weil er den Anblick des heftig Blutenden nicht mehr ertragen konnte, wurde ihm übel. Er mußte, von Krämpfen geschüttelt, Halt suchen, so sehr überkam ihn ein verzweifeltes Staunen darüber, daß er, der ein Leben lang keiner Fliege hatte etwas zuleide tun können, fähig gewesen wäre, einen anderen zu erschlagen. Er versuchte, Fassung zu wahren, indem er sich aufrichtete und dem Verlangen widerstand, hinter sich auf das Wasser zu sehen. Als er sich eine gute Strecke vom See entfernt hatte, wartete er, in der Annahme, der andere würde ihm, nachdem er sich aus dem Wasser befreit hätte, folgen, und er redete sich ein, daß es noch kein Verbrechen sei, auf einen Schatten einzuschlagen.

Er betrat die Villa in der Koenigsallee, lehnte an der Portaltür, so lange, bis er sich vergewissert hatte, daß eine Gestalt in der Nähe der Garage seiner Vermutung recht gab. Dort stand der Uniformierte und war damit beschäftigt, seine Kleider zu ordnen. Er rückte sein Koppel zurecht, versuchte, die Jacke, die durch die Nässe eng geworden war, bis zur Kehle zu schließen. Als ihm dies endlich gelang, streifte er sich mit dem Handrücken über Gesicht und Haar und setzte die Mütze mit den Insignien auf. Dies alles geschah, indem er sich von Lewanski halb abgewandt hielt, wie jemand, dem ein großes Unrecht, eine Demütigung geschehen war und der, weil er sich außerstande fühlte, dagegen aufzubegehren, alles mit einer Geste sanftmütiger Geduld hinnahm.

Lewanski ging hinauf, öffnete ein Fenster der Beletage, bemerkte, wie still es geworden war und daß der andere nach einer Zigarette griff, die er vergeblich in Brand zu stecken versuchte und welche Mühe er hatte, in den nassen Kleidern, die er nun wieder tadellos an sich trug, nicht zu frieren.

›Die Schuldigen werden die Schwachen sein‹, dachte Lewanski, und: ›Man hat ihn gerichtet, ohne daß er hoffen durfte, dadurch erlöst zu werden.‹

Dabei prüfte er, ob auf solche Entfernung und in der beginnenden Dämmerung das Wundmal des Fremden, das dieser am Hals trug, zu sehen war, konnte aber nichts erkennen.

Im Südosten, dort, wo man einige Kiefern gefällt hatte, ging der Mond auf, orangenrot, und das Licht, das er verbreitete, gab Lewanski ein Gefühl von Wärme. Er atmete, weil auch er fror, erleichtert auf, trat ins Zimmer zurück. Einen Augenblick war er unentschlossen, dann setzte er den Hocker, den er mit Notenpapier überladen hatte, zurecht und spielte, in der sicheren Gewißheit, daß ihm jemand, der dies nötig hatte, zuhörte, auf dem Pianoforte.

12

Nach dem Passahfest war es endlich soweit. Frau Altenschul hatte die letzten Vorbereitungen beendet, konnte also in der Sache nichts mehr tun.

»Die Halle ist zu groß«, sagte sie, »und wird man bis in die hinteren Plätze hinein auch alles hören!«

»Da können Sie beruhigt sein«, antwortete Liebermann. »Es ist in Ihrem Sinne und berechtigt Sie gewissermaßen zu einigem Stolz, daß unser Freund nun endgültig aus dem Kreis des Privaten herausgetreten ist und sich an eine Öffentlichkeit wendet, für die, wenn man den Voraussagen glauben darf, die Philharmonie keineswegs ausreichen wird.«

Das Ereignis, das Lewanski mit diesem Konzert in Szene setzen sollte, hatte sich bis nach Prag und London herumgesprochen. Obwohl Frau Altenschul sich jede Reklame verbeten hatte, wußte man doch: In Berlin, in jener Stadt, von der man kaum etwas Sensationelles erwartete, bereiteten sich ungeheure Dinge vor. Ein hochtalentierter, in jungen Jahren ermordeter Jude, hieß es, wolle sich seinem Schicksal widersetzen und die Laufbahn eines Pianisten, um die man ihn gebracht hatte, im Tode nachholen.

Es klang wie eine Botschaft, und so füllte sich am Vormittag schon, das Konzert sollte erst gegen einundzwanzig Uhr beginnen, die Kassenhalle der Philharmonie mit jenen, die darauf hofften, doch noch die Berechtigung für den Konzertabend zu bekommen. Aber es war aussichtslos, und man debattierte in dem nahen Café darüber, warum es nicht möglich sein sollte, das Konzert durch Lautsprecher zu übertragen.

Man sah überwiegend junge Leute, darunter Mädchen mit kahlgeschorenem Kopf, den sie beizubehalten wünschten, so lange, versicherten sie, bis man ihnen bewiesen hätte, daß diese Demütigung, die sie vor ihrem Tode empfangen mußten, rückgängig zu machen war. Sie waren skeptisch und wanderten unruhig hin und her.

Als die Lampen vor der Alten Philharmonie aufleuchteten, gingen einige zum Hintereingang, wo man Lewanskis Wagen erwartete, aber es zeigte sich niemand, obwohl das Konzert in einer Stunde beginnen sollte. In Lewanskis Garderobe residierte Frau Altenschul. Sie hatte sich Ruhe ausgebeten, aber dies erwies sich bei der allgemeinen Aufregung als unmöglich. Ständig wurden irgendwelche Glückwünsche und vor allem Blumen hereingereicht, und wie sollte man den Enthusiasten, die nicht von ihrer Seite wichen, begreiflich machen, daß ihre Hochgestimmtheit den Pianisten, den man jeden Augenblick erwartete, würde stören müssen.

Zuletzt erschien Liebermann, hüstelte verlegen, sprach davon, daß die Philharmonie einer belagerten Festung glich, wollte wieder fort, aber seine Blicke auf Frau Altenschul und die Unmißverständlichkeit, mit der er ihr seinen Arm bot, um sie endlich, es war höchste Zeit, in die gemeinsame Loge zu führen, blieben ohne Erfolg. Sie machte sich Sorgen, ob Lewanski für seinen Auftritt in angemessener Weise gekleidet sein würde, und sie wollte partout, daß er den weißen Seidenschal lose um den Kragen legen und damit seinem Auftritt das allzu Feierliche nehmen sollte.

Über den Rest, versicherte sie, müsse man sich keine Gedanken machen, und sie zitierte als unumstößlichen Beweis eine Nachricht, die ihr Lewanski vor ein paar Tagen hatte zukommen lassen:

»Liebe, verehrte Freundin, denken Sie nicht, ich sei undankbar oder ich hätte es bereut, in Ihrer Nähe wieder seßhaft zu werden. Ich weiß, wie sehr Sie mich lieben, ich bewundere Ihre Hartnäckigkeit, mit der Sie unser aller Schicksal rückgängig machen wollen. Ich spiele Beethoven, immer nur Beethoven, und ich kann Ihnen sagen, daß ich voller Zuversicht bin.«

In der Tür, aber so, daß er mit seinem Rücken die Wand des Korridors fast berührte, stand Schulze-Bethmann.

Er wollte offenbar etwas sagen, fand aber keine Gelegenheit, und man wunderte sich, daß er, der sonst in fast unhöflicher Weise zurückhaltend war, derart im Wege stand, und Liebermann hatte Mühe, an ihm vorbeizukommen, als er mit den Worten: »Gut, dann werde ich das Schauspiel allein genießen« die Garderobe verlassen wollte.

»Wir werden Nachbarn sein«, sagte Schulze-Bethmann, »und ich habe einen Gast mitgebracht, der Sie durchaus nicht erschrecken soll.«

»Was meinen Sie?« fragte Frau Altenschul, die immer bereit war, eine gewisse Gereiztheit, die sie beim Anblick Schulze-Bethmanns überkam, nicht zu unterdrücken.

»Da es, wie ich höre, ein Auferstehungskonzert werden soll«, sagte Schulze-Bethmann, »sollte man auch den Gedanken an eine Versöhnung nicht außer acht lassen.«

»Das ist doch selbstverständlich«, sagte Frau Altenschul.

»Dann bin ich beruhigt.«

Die Glocke läutete, man wurde aufgefordert, die Plätze einzunehmen. Frau Altenschul trat zu Liebermann auf den schmalen Korridor hinaus, der zum Foyer führte, bemerkte noch, daß Schulze-Bethmann zögerte, ihnen zu folgen. Sie freute sich über den Anblick einer überfüllten Konzerthalle.

»Nun hat er sein zweites Leben«, flüsterte Liebermann und meinte Lewanski. »So viel Erfolg konnte er früher nicht geltend machen.«

Dabei sah er in die Nachbarloge zu seiner Linken, erwiderte das Lächeln Schulze-Bethmanns und suchte vergeblich nach jenem Begleiter, den ihm der Novellist angekündigt hatte.

Man war zehn Minuten über der Zeit, das Saallicht brannte immer noch, während sich im Parkett schon eine freudige Ungeduld, eine Bereitschaft zum Jubel bemerkbar machte.

Aber ach!

Es gibt in Berlin einen Ort, der mit dem Makel des Unberührbaren gekennzeichnet bleibt. Hier ist Niemandsland, säuberlich planiert. Wer vom Westen her über die Mauer blickt, die den Zutritt zum Brandenburger Tor verhindern soll, sieht das Hotel Adlon und jenes bewußt ausgesparte Rechteck, auf dem die Reichskanzlei stand. Krähen fliegen darüber hin, sie verschwinden im Tiergarten. Tags fahren gepanzerte Fahrzeuge über die verruchte Erde, um die Grenzen der geteilten Stadt abzusichern, aber nachts verlöschen mitunter alle Lampen, und die Scheinwerfer überwinden die Dunkelheit nicht, und eine Gestalt steht, wie ein Todesengel, im Weg und verhindert die Weiterfahrt.

Wanderer, sei freundlich zu uns
und gedenk der Gebeine
über die dich dein Weg führt!

Ein Abgrund tut sich auf, eine Treppe aus marmoriertem Gestein lockt in die Tiefe, und schon schreiten der Engel und jene, die in dem Fahrzeug, das der Engel angehalten hat, saßen, die Stufen hinab. Es schimmert das Metall ihrer Helme, und ein Gesang, ach, was für ein unwiderstehlicher Gesang, führt sie tiefer und tiefer, dorthin, wo unter der Erde einer dazu verdammt ist, ewig seine Hochzeit zu feiern.

Denn der Mensch ist sterblich
und Gott nur scheidet das Gute vom Bösen
und der Böse segnet das Zeitliche
indem er sich in unendlicher Güte übt!

Lewanski hatte, in der sicheren Absicht, die Alte Philharmonie noch vor Einbruch der Dunkelheit zu erreichen, gegen sieben Uhr die Villa verlassen. Er benutzte ein Taxi, wollte aber, da noch genügend Zeit war, eine Strecke Wegs, obwohl er nicht wußte, wie lange dies dauern würde, zu Fuß gehen, und damit man seinen Frack nicht bemerkte, hatte er einen leichten Staubmantel übergestreift.

Den Tiergarten, den er bald vor Augen hatte, wollte er nicht betreten. So ging er die Spree entlang, betrachtete die Kähne, die stromabwärts schwammen, spiegelte sich dort, wo das Ufer flach und ohne Mauerumrandung war und wo man Bänke aufgestellt hatte, in dem öligen Wasser. Ein prüfender Blick auf den Frack, der Griff nach dem weißen Seidenschal, Frau Altenschul sollte zufrieden sein. Er fühlte sich bereit, vor sein Publikum zu treten, wollte aber kein Hochgefühl aufkommen lassen, indem er sich einredete, mit jedem Auftritt der Musik und nur der Musik zu dienen und daß dies in aller Bescheidenheit und immer mit der letztmöglichen Anstrengung zu geschehen habe.

Gegen acht Uhr, als es dunkel geworden war, hatte er das Gefühl, wie in den letzten Tagen, nicht wirklich allein zu sein. Aber dies kümmerte ihn nicht weiter. Er war ruhig, ließ den Großstadtlärm und den schwachen Widerschein der Lampen auf sich einwirken, die in dem Strom, wenn die Kähne die Oberfläche aufwühlten, hin und her tänzelten.

Als er meinte, es sei an der Zeit, wollte er die wenigen Schritte bis zur Philharmonie hinter sich bringen, wunderte sich noch, daß er, da er doch vorhatte, den Tiergarten nicht zu betreten, wieder zwischen die Rhododendronsträucher geriet. Die gußeiserne Brücke wollte er meiden, und so ging er seitwärts durch die Rabatten. Ein Graben versperrte ihm den Weg. Er verlor die Orientierung, irrte zwischen mannshohem Baumgestrüpp hin und her, bemerkte, daß er, als er auf eine Lichtung zugehen wollte, in eine nasse, sumpfähnliche Wiese geraten war, aber dann sah er schon eine Hand, die sich ihm hilfreich entgegenstreckte.

»Kommen Sie, mein Herr«, sagte jemand, der in der Dunkelheit nicht zu erkennen war. »Kommen Sie. Man kann in diesem Garten die Wege nicht verlassen, ohne echauffiert zu sein.«

Lewanski trat, von dem anderen sanft gezogen, auf ein freies Feld hinaus, war erleichtert, als er sah, daß der Frack unter dem Staubmantel keinerlei Schaden genommen hatte, wollte den anderen, der ihm behilflich gewesen war, mit einem Lächeln stehen lassen, aber ...

»Dies ist unmöglich«, sagte er, indem er bemerkte, daß er sich nicht, wie er angenommen hatte, an der Südgrenze des Parks, sondern in der Wilhelmstraße vor dem Erdhügel befand. »Dies ist unmöglich«, wiederholte er, und bevor er sich vergewissern konnte, in welche Richtung er jetzt, um zur Philharmonie zu gelangen, hätte gehen müssen, sah er sich von dem Licht zweier Scheinwerfer erfaßt. Er sah, wie sein Schatten über Säulen aus Marmor geworfen wurde, bemerkte eine Treppe, die in die Tiefe führte, und als er näherkam, als er prüfen wollte, ob es jener Abgrund war, den er neulich im Nacken gespürt hatte, sagte der andere:

»Treten Sie ein, mein Herr. Sie werden erwartet.« Und indem er seine Mütze wie in feierlicher Absicht zog: »Es sind zehn Minuten über der Zeit.«

Lewanski sah ihm ins Gesicht und erkannte an dem Wundmal, daß es der Uniformierte war. Er wich zurück, indem er zwischen die Säulen nach hinten, immer weiter nach hinten trat, und wie er die Treppe überwand, wußte er nicht zu sagen.

Er fand sich in der Tiefe in einem atriumähnlichen Gebilde wieder, wollte umkehren, spürte den Uniformierten in seinem Rücken und wie ihm dieser, zwar mit Respekt, aber in unmißverständlicher Weise im Wege stand.

»Was erlauben Sie sich!« rief Lewanski. »Ich muß zu meinem Konzert!«

Aber der andere schwieg, hielt sich, seine Mütze unter die Achsel gepreßt, ganz und gar unbeweglich, sah ihn aus freundlichen Augen an. Und nun durchquerte Lewanski, in der Hoffnung, einen Ausgang zu finden, mehrere Räume, die derart weitläufig und mit Marmor und Glas überladen waren, daß er darin fror. Er sah eine kalte Pracht von Gesimsen und Kandelabern, und über jedem Bogen, den er durchschritt, war ein Fries. Er ging schneller, achtete nicht darauf, daß er auf dem polierten Boden und durch die Glätte seiner Schuhe beinahe zu Fall gekommen wäre. Er erreichte, nachdem er Hunderte von Metern immer nur durch leere, spiegelverhangene Zimmer gegangen war, eine verschlossene Tür, die sich durchaus nicht öffnen lassen wollte, und als er dagegen drängte und mit den Schultern die Verriegelung, die sie hielt, zur Seite schob, sprang sie auf, und was er nun sah, war allerdings unerwartet.

Nach all der imperialen Kälte und Weitläufigkeit hatte er ein bunkerähnliches Geviert vor Augen, keine zwanzig Schritt im Quadrat, und darin standen in qualvoller Enge jene, von denen Schulze-Bethmann gesprochen hatte und von denen es hieß, daß sie, gänzlich unerlöst, tief, tief unter der Erde in bußfertiger Weise versammelt sind. Es waren tausend und abertausend, Schulter an Schulter, soweit der Blick reichte, und Lewanski wunderte sich, daß dies in einer derartigen Begrenztheit möglich sein sollte. Sie hatten ihre Mützen, sämtlich von der Art, wie er sie kannte und fürchten gelernt hatte, vom Kopf genommen und standen ernst und geduldig da, als hätten sie auf ihn, Lewanski, gewartet. Der Pianist spürte ihre Blicke und wie er es keinen Augenblick länger würde ertragen können.

Eine Frau erhob sich, die Lewanski verborgen geblieben war, vielleicht, weil sie hinter einem Tisch gesessen hatte, der quer, mitten unter den Uniformierten, im Raum stand.

»Ich freue mich, daß Sie gekommen sind«, sagte sie. »Mein Mann und ich«, sagte sie und wies dabei auf eine Stelle des Tisches, die im Dunkeln lag, »mein Mann und ich«, wiederholte sie, »sind voller Sorge, daß es Ihnen nicht gelingen könnte, uns zu verzeihen.«

Sie wirkte schüchtern und offenbar außerstande, Lewanski in die Augen zu sehen, hielt ihren Kopf gesenkt, aber die Art, wie sie mit den Fingern an ihrem Halsband nestelte, verriet ihre Erregung. So trat sie, die zierlich war und sommerlich gekleidet, vor die Menge der anderen.

»Ich bitte nicht für mich«, sagte sie, »sondern für alle, die um mich versammelt sind. Und für ihn, den ich liebe. Ich weiß, wie sehr wir schuldig geworden sind, aber nicht wahr«, fügte sie hinzu, »da wir dies wurden, muß es eine Möglichkeit geben, es ungeschehen zu machen.«

Dann, als würde sie spüren, wie wenig sie imstande war, ihre Bitte, die sie doch vorbringen wollte, in klare, verständliche Worte zu fassen, sah sie wieder zur äußersten Ecke des Tisches, dorthin, wo jemand saß, von dem sie offenbar Hilfe erwartete.

Aber Lewanski konnte niemanden erkennen, und als sie leise, fast unhörbar, als würde sie sich schämen, fragte, ob er sich setzen wolle und ob es ihm in dem Mantel bei der Enge, die hier zweifellos herrschte, nicht unbequem sei, staunte er über ihren Versuch, in solch einem Augenblick höflich zu sein.

Er antwortete nicht, und nun schwieg sie. Denn alles, was sie hätte sagen sollen, schien ihr derart unausprechlich, daß sie es nicht über die Lippen brachte, und daß jener an der äußersten Ecke des Tisches, auf den sie sah, sich immer noch nicht zeigen wollte, dies schien sie zu bedauern. Sie rührte sich nicht, stand, nun mit erhobenem Kopf, vor den anderen, den Uniformierten, wie eine Schwester, der es unmöglich war, von ihren Brüdern, die sich auf ungeheuerliche Weise schuldig gemacht hatten, zu lassen.

Lewanski sah, wie dankbar man ihre Geste entgegennahm, und als er sich endlich entschloß zu fragen, was man von ihm wünschte, antwortete sie:

»Spielen Sie für uns auf dem Pianoforte. Oder«, wollte sie wissen, »wäre Ihnen dies, auch wenn ich Sie darum bitte, ganz und gar unannehmbar?«

Lewanski starrte auf ihr Halsband aus roten, länglich geschliffenen Korallen, die zu dem blauen Kragen ihres Kleides durchaus nicht passen wollten, und die Puffärmel fand er zu aufwendig, wie sie ihm überhaupt sorgfältig, aber ohne sicheren Geschmack gekleidet zu sein schien. Unter den Uniformierten, die sie umstanden, erkannte er Klevenow, und ehe er sich entschied, wie er der Bitte dieser Frau begegnen sollte, schloß der andere, der ihm vom Tiergarten bis hierher gefolgt war, die Tür in seinem Rücken.

Zu seiner Linken, dort, wo die Wand rissig war, trat die Menge zur Seite. Ein Pianoforte wurde sichtbar, und Lewanski wunderte sich, daß er allzu rasch darauf zuging und daß er seinen Staubmantel abzustreifen begann, den der andere, der ihm immer noch im Rücken war, bereitwillig entgegennahm.

So stand der Pianist plötzlich im Frack vor einem Publikum, das er ablehnte, und wollte protestieren.

Es ist ein Irrtum, es ist nicht die Philharmonie, wollte er sagen, aber schon hatte Klevenow einen Stuhl bereitgestellt, damit wenigstens die Braut, da es der Bräutigam für sich offenbar nicht wünschte, in der Nähe Lewanskis zu sitzen kam, und die Menge der Uniformierten rückte unmerklich zusammen, um ihr das Gefühl allzu großer Beengtheit zu nehmen.

Dies bemerkte Lewanski, und der Blick der Frau, der mit einer flehenden, aber unaufdringlichen Erwartung auf ihn sich richtete, stimmte ihn nachgiebiger.

›Daß ich während des Spiels die Augen geschlossen halte‹, dachte er, ›darf sie nicht irritieren. Ich muß es tun, um die Unsicherheit, die mich überkommt, wenn ich die Dinge um mich her allzu deutlich sehen kann, zu vermeiden.‹

Er war immer noch unentschlossen und besorgt darüber, daß es ihm nicht gelang, dieser Gesellschaft, was doch selbstverständlich gewesen wäre, mit einer Floskel der Entschuldigung den Rücken zu kehren.

Er nahm Platz, nachdem er der Versuchung widerstanden hatte, sich zu verbeugen. Ein letztes Zögern. Aber da es ihm albern vorkam, am Pianoforte zu sitzen, ohne es zu berühren, begann er das Opus 109 von Beethoven.

Eine unwiderstehliche Ruhe und Gelassenheit, eine Verzauberung breitete sich aus, der sich kein Gemüt, wie es auch immer gestimmt war, entziehen konnte. Man hörte ein augenblickliches Schluchzen, oder war es ein Aufschrei, der sofort erstickte, einen leichten Klappton, als würde die Tür, da jemand den Raum zu verlassen wünschte, geöffnet und wieder geschlossen, aber auch dies konnte die atemlose Stille nicht stören.

Lewanski begann das Vivace leicht, fast spielerisch und war ganz ernst. Er saß aufrecht, streckte die Arme mit fast durchgedrückten Ellbogen gegen die Tastatur hin, und sein Haar fiel ihm über die Schläfe hinaus in die Stirn, so daß er genötigt war, es mit einer raschen Bewegung des Kopfes zu bändigen.

Das Prestissimo spielte er mit einer überfallartigen Ungeduld. Dann, irgendwo im Andante molto cantabile, schien er sich zu wiederholen. ›Es ist, als ginge ein Riß durch die Welt‹, dachte er.

Eine leichte Irritation, als hätte man sich verhört, entstand, aber er wiederholte tatsächlich die dritte Variation, zögerte, wiederholte sie nochmals, und obwohl dies ein Ding der Unmöglichkeit genannt werden mußte, blieben jene, die sein Verhängnis gewesen waren und die nun, da er vor ihnen spielte, hoffen durften, dadurch erlöst zu werden, gebannt und waren, je mehr Lewanski seine Willkür, sein Suchen nach dem besseren und immer noch besseren Ausdruck steigerte, bereit, ihm zu folgen.

Das ging über die vierte und fünfte Variation hinweg und wollte sich mit neuen, heftigeren Anläufen im Trillersturm der letzten Variation entladen, und dies wäre nach der hochgespannten Empfindung seines Publikums auch geschehen, aber Lewanski, mit verzweifeltem Gesicht vor dem Pianoforte ausharrend, schien dem, was für die anderen gelungen, ja tausendmal gelungen war, immer nur zu mißtrauen.

›Ich bleibe bis in alle Ewigkeit achtundzwanzig Jahre alt‹, dachte er und erschrak.

Ein erneuter Anlauf. ›Viel zu schnell‹, dachte er und spürte, wie seine Finger gefühllos wurden, und die Frau hatte sich, um ihm besonders nahe zu sein, weit über ihren Stuhl hinausgebeugt. »Mein Gott!« rief jemand, aber das Ende kam rasch.

Mitten im Trillersturm, nach dem dritten oder vierten Anlauf, brach Lewanski plötzlich ab, stand auf, schloß das Pianoforte und sagte mit einer Miene des Bedauerns, wobei er den weißen Seidenschal langsam von seinen Schultern zog:

»Litzmannstadt ... Litzmannstadt«, wiederholte er. »Ich bitte um Entschuldigung. Sie hören es selbst: Um dies spielen zu können, sollte ich erwachsen sein. Man hat mich zu früh aus dem Leben gerissen.«

13

Nach dieser unerhörten Begebenheit blieb Lewanski unauffindbar.

In der Alten Philharmonie hatte es, nach Augenblicken der Verblüffung, als man sich das Fernbleiben des Pianisten eingestehen mußte, einen Skandal gegeben, so sehr war man der Meinung, man sei entweder getäuscht oder um alle Hoffnung betrogen worden. Frau Altenschul wurde zur Rede gestellt, aber auch sie konnte sich das Verhalten Lewanskis nicht erklären und versicherte unter Schluchzen, daß, falls es Gründe gäbe, diese ganz und gar unverständlich genannt werden müßten.

Liebermann hatte sie energisch aus dem Gedränge gezogen, hatte dafür gesorgt, daß sie rasch einen Wagen bekam, und indem er noch die Tür, nachdem Frau Altenschul Platz genommen hatte, hinter sich schloß, sah er, wie sich am Eingang der Philharmonie ein Spalier bildete, wie die Menge, die eben noch unruhig gewesen war, plötzlich schwieg und wie Schulze-Bethmann mit einem verlegenen Lächeln durch eben diese Menge, die ihm Platz machte, auf ein abgedunkeltes Fahrzeug zuging, wo eine Ordonnanz auf ihn wartete, die, mehr konnte man in der Dunkelheit nicht erkennen, militärisch gekleidet war.

Liebermann war erleichtert, als sich der eigene Wagen in Bewegung setzte, bevor Frau Altenschul von seiner Beobachtung hätte Kenntnis nehmen können. Aber natürlich konnte, was sich zu einem öffentlichen Gerücht verdichtete, auch ihr nicht verborgen bleiben.

Schulze-Bethmann, hieß es, sei schamlos genug, und dies schon seit Jahren, seinen Mörder zu empfangen, und sein Einfluß, so wurde berichtet, hätte Lewanski dazu veranlaßt, Dinge zu tun, die auszusprechen man sich weigere. Und was man von Schulze-Bethmann behaupten durfte, sollte dies nicht ebensogut für Frau Altenschul gelten?

Man begann, alle guten Absichten ihres Salons in Zweifel zu ziehen, und behauptete, es wäre nicht von ungefähr, daß sie ihre Villa in der Nähe jenes Palastes hätte errichten lassen, aus dem sie verbrecherischen Besuch empfing.

»Was für ein Unsinn!« beteuerte Liebermann und versuchte, beruhigend auf Frau Altenschul einzuwirken. Aber sie war entschlossen, sich zu wehren. Sie wollte, da Lewanski unauffindbar blieb, wenigstens Schulze-Bethmann dazu zwingen, seine Schuld einzugestehen, und so kam es zu jenem letzten denkwürdigen Abend in ihrem Salon.

Es war Anfang Mai. Da das Wetter günstig war, blühten die Kastanien, ein Anblick, der besonders Liebermann nachdenklich stimmte. Frau Altenschul hatte ihn, wie immer, darum gebeten, vor den anderen anwesend zu sein, aber er hatte sich verspätet, und so ging er, bevor es dämmerte, zügig die Wilhelmstraße entlang. Er wollte keine Mißstimmung aufkommen lassen, da ihm, wie er wußte, eine schwere und unangenehme Auseinandersetzung bevorstand. Er hatte nicht die Absicht, Frau Altenschul, was ihre Empörung gegen Schulze-Bethmann betraf, nach dem Munde zu reden.

Als er den Erdhügel, den er nie beachtet hatte, sah, blieb er stehen, umschritt einen Zaun und Sträucher, um bessere Sicht zu gewinnen und trat auf das freie Rechteck hinaus. Er erinnerte sich, daß es in der Silvesternacht hier eine Erscheinung gegeben hatte, konnte sich aber nicht entschließen, die wenigen Schritte zu tun, die nötig gewesen wären, um den Erdhügel zu erreichen.

›Dort‹, dachte er, ›liegt also jener Gotenkönig begraben, der uns immer noch zu schaffen macht. Man kann ja‹, dachte er, ›vierzig Jahre nach dessen Untergang nicht einmal in Ruhe einen Salonabend besuchen, so nachhaltig hat er diese Landschaft verändert. Und wie gern haben wir hier gelebt und wie mußte das Ganze in Verzweiflung und Trauer zu Ende gehen. Ich hatte, wie gesagt, Glück, aber von meiner Frau Martha will ich erst gar nicht reden.‹

Er unterdrückte seinen Anflug von Melancholie, ging energisch weiter, bog in die Voßstraße ein, sah von weitem, daß die Fenster der Villa bereits erleuchtet waren.

In den Räumen des Salons war alles für die Ankunft der Gäste eingerichtet, aber es zeigte sich niemand. Frau Altenschul, die die schweren, etwas umständlichen Schritte Liebermanns auf der Treppe gehört hatte, stand zwischen den leeren Stühlen und bot einen Anblick des Jammers. Sie wirkte übernächtigt, hatte tiefe Ränder unter den Augen, und es schien ihr unmöglich, Liebermann entgegenzugehen.

Sie fragte, ob man etwas von Lewanski gehört hätte, und als Liebermann den Kopf schüttelte und ratlos, doch mit einem Ausdruck, als wollte er sie ermuntern, vor sie hintrat, sah er ihre geröteten Augen und ahnte, daß sie alles wußte, es aber unterließ, mit ihm darüber zu reden. Einige Minuten später, als sie immer noch zwischen den leeren Stühlen dastand und Liebermann am Fenster die Vorhänge, wie es doch ihre Gewohnheit gewesen war, öffnete, sprach sie davon, daß es an der Zeit sei, die Villa wieder zu verlassen.

Als Liebermann leise protestierte und meinte, sie könne doch, auch wenn sich gewisse Erwartungen nicht erfüllt hätten, in diesen Räumen, die so sehr ihre Sorgfalt und ihre Eigenart verrieten, anwesend bleiben, lächelte sie und sagte, sie hätte jetzt, da sie um jede Hoffnung gebracht worden sei, das Gefühl, nochmals zu sterben.

Liebermann spürte, wie endgültig dies gemeint war, und er fühlte sich außerstande, etwas zu erwidern, ging ziellos, da sie keinerlei Anstalten machte, ihrer Trauer eine Grenze zu geben, in den Zimmern umher und war froh, als Schulze-Bethmann schließlich eintrat.

Er trug einen leichten Sommeranzug, im Knopfloch einen Strauß Veilchen, den Strohhut, der dem heiteren Eindruck, den er machte, etwas Mutwilliges gab, hielt er in der Hand.

Er stutzte, offenbar hatte er Gäste erwartet, wußte auch nicht, da Frau Altenschul von seinem Erscheinen keinerlei Notiz nahm und auf so sonderbare Weise in sich gekehrt war, ob er eintreten sollte. Liebermann gab ihm einen Wink, und nun ging er, immer den Strohhut in der Hand, zum Tisch, bediente sich von dem Cognac, der dort stand, tat, als wäre er ein Gast unter Gästen, unterließ alles, was das Außergewöhnliche der Situation hätte unterstreichen können. Liebermann wollte ein paar belanglose Worte an ihn richten, aber Frau Altenschul kam ihm zuvor.

Sie sprach, und ihre Stimme war derart leise, daß die Männer Mühe hatten, ihr zu folgen, von den Ereignissen der letzten Wochen, die wohl unabänderlich gewesen wären, und: Sie wolle sich nicht beschweren, sagte sie, wenn sich ihre Hoffnungen als hochmütig erwiesen hätten. Und auch, daß einige Gäste (und damit meinte sie Schulze-Bethmann) der Versuchung, ihrem Mörder Gesellschaft zu leisten, nicht widerstanden hätten, dies ginge sie im Grunde ihres Herzens kaum etwas an. Sie hätte alle Anstrengungen, seit sie diese Villa wieder bewohnte, nur unternommen, um für sich selbst und für andere, die dies ebenfalls wünschten, das Erlebnis eines schrecklichen Todes vergessen zu machen. Denn wer, wie sie, dazu verdammt gewesen sei, in einer überfüllten Grube, mit verdrehtem Kopf und verrenkten Gliedmaßen bis in alle Ewigkeit daliegen zu müssen, für den sei es doch selbstverständlich, daß er sich darum bemühe, die schönen Dinge des Lebens wieder vor Augen zu haben. Ob man ihr dies vorwerfen könne und ob dies zuviel verlangt sei, wollte sie wissen. Eine Vitrine von Guimard würde ihr Freude bereiten, ebenso ein Service aus Sèvres, und wenn es ihr Wunsch gewesen sei, einen Pianisten auf die ihm gemäße Weise zu erlösen, so könne sie auch hierin nichts entdecken, um dessentwillen sie es verdient hätte, verhöhnt zu werden.

Sie zog ein Taschentuch aus dem Ärmel ihres Kleides, wollte aber die Tränen, die über ihre Wangen liefen, nicht trocknen, achtete wohl auch nur darauf, daß ihr die Stimme, weil sie so voller Kränkung war, nicht erstickte, und so schnupfte sie rasch und als wäre es unangemessen, mehrmals in das zierliche, gestickte Tuch, ging zum Fenster und sah eine Weile auf den Tiergarten hinaus.

Dann, Liebermann hatte sich auf das Kanapee gesetzt, Schulze-Bethmann legte seinen Hut, der ihm lästig war, auf einen der Stühle, wollte auch nicht mehr aus dem Glas, das er etwas zu sehr mit Cognac gefüllt hatte, trinken, dann schloß Frau Altenschul die Vorhänge, die Liebermann kurz vorher geöffnet hatte, als würde, was sie draußen zu sehen bekam, ihre Melancholie nur steigern. Sie sagte:

»Können Sie mir erklären, warum Lewanski es vorgezogen hat, vor Leuten zu spielen, die ihn erschlagen haben?«

Liebermann erwiderte ihren Blick nicht, aber Schulze-Bethmann, der erwartet hatte, eine gereizte Gastgeberin vorzufinden, und dem berichtet worden war, mit welcher Vehemenz Frau Altenschul sich Dritten gegenüber, was seine Person betraf, geäußert hatte, Schulze-Bethmann war überrascht und beeindruckt von ihrem unwiderruflichen Jammer. Und da Liebermann schwieg und so zu verstehen gab, wie sehr er sich außerstande und wohl auch nicht aufgefordert fühlte, etwas Klärendes zu sagen, nahm

Schulze-Bethmann seinen Strohhut wieder auf, ging zur Tür ...

»Frau Altenschul«, sagte er, »verstehen Sie mich nicht falsch. Ich möchte Ihrer augenblicklichen Empfindung keinesfalls widersprechen. Sie ist mir angenehm, da ich, wie Sie wissen, eine unwiderstehliche Neigung habe, meinem Dasein, tot oder lebendig, immer nur die Aspekte des Negativen oder sagen wir dessen, was den Wert seiner Verneinung ausmacht, zuzubilligen. Aber ich will Ihnen, da ich weiß, wie sehr Sie dies an meiner Person ärgert, doch einige Worte des Trostes sagen. Sehen Sie«, fügte er hinzu und schwenkte dabei den Hut vor seiner Brust, als wollte er den Argumenten, die nun folgen sollten, Nachdruck verleihen, »sehen Sie«, sagte er, »es hat doch keinen Zweck, jene Unterscheidung, die wir im Leben treffen, nämlich die zwischen Gut und Böse, im Tode beizubehalten. Sie haben es selbst erfahren: Wir würden nur die Unvereinbarkeit alles Lebendigen bis in die Ewigkeit fortsetzen und nach einigen Sekunden des Glücks wieder enttäuscht sein und trauern. Und wo bliebe die Chance, von dieser Fata Morgana endlich einmal erlöst zu sein? Also ...«

Frau Altenschul war einige Schritte in Richtung zum Tisch getreten, umfaßte eine Stuhllehne, Liebermann hatte sich erhoben und setzte seinen Kneifer auf, als wollte er jemanden, der so etwas sprach, näher in Augenschein nehmen.

»Also«, sagte Schulze-Bethmann, »ich kann kein Unglück darin sehen, daß der Pianist Rudolf Lewanski den Mut, oder sagen wir, die Gelegenheit hatte, vor seinen Mördern auf dem Klavier zu spielen. Der Täter und sein Opfer – was bleibt uns im Tode anderes übrig, als in Betroffenheit beieinanderzusitzen und darüber zu staunen, welche Absurditäten im Leben allerdings und unwiderruflich geschehen sind. Trotzdem«, fügte er hinzu und widerstand der Versuchung, einige Schritte ins Zimmer zurück auf Frau Altenschul, deren Kummer er doch lindern helfen wollte, zuzugehen, »trotzdem«, wiederholte er, »Sie sollen wissen, ich habe die Ausdauer, mit der Sie auf den angenehmen Dingen des Daseins beharren, immer bewundert. Ich wünsche auch jetzt, daß Sie darin Erfolg haben mögen. Und was Lewanski angeht: Seien Sie versichert, Frau Altenschul, er wird, da er die Besessenheit eines Künstlers gelten lassen muß, wiederkommen. Er wird das Opus 109 von Beethoven versuchen, immer wieder versuchen. Ja, was sollte er schließlich anderes tun.«

Dies sagte Schulze-Bethmann, und nachdem er einen Augenblick gezögert hatte und nicht wußte, ob seine Worte Frau Altenschul hilfreich gewesen waren, denn sie sah immer nur mit einem Ausdruck, als wäre sie in Gedanken nicht anwesend, an ihm vorbei, setzte er, wobei er Liebermann grüßte, seinen Hut auf und ging fort.

Als die Tür ins Schloß fiel, sagte Frau Altenschul:

»Er wollte mich beruhigen. Lewanski wird nicht wiederkommen.«

Liebermann schwieg. Da der Salon schwach erleuchtet war und nur vom Flur her zusätzlich Licht erhielt, boten beide, Frau Altenschul an dem Stuhl in der Mitte des Zimmers, Liebermann vor dem Kanapee, inmitten dieser Licht- und Schattenwelt einen Anblick, als wären sie versteinert.

Frau Altenschul dachte an jene Fahrt, die sie mit Lewanski unternommen hatte, und wie sie, weit jenseits der Grenze Berlins, beinahe das Rhiner Luch und dahinter Neuruppin erreicht hätten. Und auf der Rückfahrt, wie hatte er mit besonderem Eifer davon gesprochen, daß nicht der Tod, sondern die Geburt jener Vorgang sei, an den man ein für allemal gekettet bleibe.

»Ich verzeihe niemandem, der einen anderen getötet hat«, sagte sie. »Was einem im Leben geschieht, das ist unwiderruflich. Wenn Schulze-Bethmann recht hätte«, fügte sie hinzu, »wenn es wahr ist, daß Lewanski im Zustand seiner Jugend verharren muß und nie, nicht für eine Sekunde, die Meisterschaft eines reifen Lebens erreichen kann, dann wäre es besser, er bliebe ein für allemal unauffindbar.«

Liebermann ging auf sie zu, um ihr, was er in solchen Augenblicken oft tat, sanft auf die Schultern zu fassen, aber ihre Unnahbarkeit war derart, daß er es diesmal unterließ.

Als er auf dem Heimweg war, den Pariser Platz erreicht hatte und die eiserne Treppe, die zu seinem Atelier führte, emporstieg, machte er sich Vorwürfe, daß er sie allein gelassen hatte. Aber was hätte er sagen sollen, um ihre Stimmung zu bessern.

Daß sie darauf hoffen durfte, ihre Abende weiterzuführen, obwohl niemand mehr kommen wollte? Daß er ihr, wenn sie es wünschte, auch mit einem Glas Champagner in der Hand, so lange Gesellschaft leisten würde, bis Lewanski wieder anwesend war?

Er betrat sein Atelier, und es war ihm plötzlich, als könnte er diesen kahlen, weitläufigen Raum, der mit Staffeleien und Malgerät aller Art verstellt war, nicht ertragen. Er sah, daß er vergessen hatte, die Fenster zu schließen. Ihn fröstelte, er mußte sich setzen. Eine Sehnsucht nach etwas Unerfüllbarem überkam ihn, und er erinnerte sich daran, daß es schon einmal so war, als er, bei welcher Gelegenheit wußte er nicht zu sagen, das Requiem von Mozart gehört hatte, dessen Sopranstimme so durchdringend, so begütigend, so voller Versöhnung gewesen war, daß er wünschte, dies wieder zu hören.

›Es gibt eine Hoffnung‹, dachte er, ›die unangreifbar ist. Es muß sie geben. Morgen, sowie es die Rücksicht erlaubt, bin ich wieder bei Frau Altenschul, und ich werde ihr sagen, daß es keine Gründe gibt, übermäßig besorgt zu sein.‹

Dies dachte er, und jeder andere Gedanke schien ihm unerträglich.

14

Und Schulze-Bethmann?
Ihn lockten die blühenden Kastanien. Er wollte den späten Abend zu einem Spaziergang nutzen, und so war er in Begleitung Klevenows unterwegs, zunächst in der Gegend von Friedenau, dann schlenderten sie langsam nach Steglitz in Richtung auf den Botanischen Garten zu. Da es warm war, waren die Straßen belebt, so daß Schulze-Bethmann immer wieder auf Nebenwege einbog, um dem Gedränge zu entgehen. Er forderte Klevenow auf, alle falsche Rücksicht zu unterlassen und die Jacke auszuziehen, aber dieser bedankte sich mit der Bemerkung, hemdsärmelig zu erscheinen, sei nicht seine Art. Er wirkte kleiner als Schulze-Bethmann, dafür breitschultriger, war immer bemüht, einen halben Schritt hinter seinem Begleiter zu bleiben, und er hatte ständig etwas auf dem Herzen.

Dies störte Schulze-Bethmann gelegentlich, besonders wenn Klevenow in der würzigen Luft und bei dem milchigen Mond, der über den Dächern der Stadt zu sehen war, allerletzte Fragen erörtern wollte, etwa: Wie es käme, daß man, obwohl ein Leben lang idealistisch gesinnt, am Ende doch nur als gemeiner Mörder dastünde, und ob es eine Möglichkeit gäbe, dies Risiko rechtzeitig und ein für allemal zu vermeiden.

Da Schulze-Bethmann gehobener Stimmung war, bat er seinen Begleiter, den halben Schritt Abstand in seinem Rücken zu unterlassen und sich ihm endlich frei und ungezwungen beizugesellen, wie es für zwei Spaziergänger, die miteinander redeten, allerüblichste Gewohnheit war.

Dies, antwortete Klevenow, könne er nicht. »Es versteht sich von selbst«, fügte er hinzu, »daß ich mich einem Menschen gegenüber, den ich in solch einer Weise behandelt habe, wenigstens verlegen fühlen darf.«

Sie erreichten die Wulffstraße. Hier standen uralte Bäume, unerschöpflich in ihrem Laub, die Blüten wirkten darin wie schwere Kandelaber. Schulze-Bethmann konnte sich nicht sattsehen, fragte Klevenow, ob ihn dieser Anblick nicht über seine ewige Kümmernis würde hinwegtrösten können. Klevenow lächelte verlegen, wußte nicht, was er auf diese Bemerkung erwidern sollte.

Im Botanischen Garten gingen sie auf eine Anhöhe hinauf, die mit Koniferen bepflanzt war. Bodennebel breitete sich aus, und auf der Straße, die sie vor Augen hatten, war ein unablässiger Verkehr im Gange, ein hastiger Wechsel von Scheinwerfern, hierhin und dorthin. Schulze-Bethmann bemerkte, wie angespannt Klevenow war. Er wollte ihm etwas sagen, wollte darauf hinweisen, daß es zwecklos sei, über die Heimtücke des Lebens unablässig zu grübeln. Er wollte sagen:

Sie haben getötet, allerdings, und wer tötet, der wird schuldig. Aber Schuld ist eine große Gelegenheit – zur Sühne, mein Herr. Wer seine Schuld nicht sühnen will, ist verächtlich. Aber Sie sind derart reumütig ... Sie dürfen es sich erlauben, beim Anblick einer blühenden Kastanie auch einmal selbstvergessen zu sein.

Am nördlichen Himmel bewegte sich der Große Wagen dem Horizont zu. Seine Konturen waren klar, hell und überwältigend in ihren Ausmaßen. Aber Klevenow ließ es, obwohl Schulze-Bethmann ihn darauf hinwies, unbeachtet. Eine Stunde später war das Gestirn hinter den Dächern der Stadt verschwunden.

*Hartmut Lange
im Diogenes Verlag*

Hartmut Lange, 1937 in Berlin-Spandau geboren, studierte an der Filmhochschule Babelsberg Dramaturgie. Er lebt in Berlin und schreibt Dramen, Essays und Prosa. 1998 wurde er mit dem Literaturpreis der Konrad-Adenauer-Stiftung ausgezeichnet.

»Hartmut Lange hat einen festen Platz in der deutschen Literatur der Gegenwart. Dieser Platz ist nicht bei den Lauten, den Grellen, den Geschwätzigen, sondern bei den Nachdenklichen, bei denen, die Themen und Mittel sorgfältig wählen.« *Kieler Nachrichten*

»Die mürbe Eleganz seines Stils sucht in der zeitgenössischen Literatur ihresgleichen.«
Frankfurter Allgemeine Zeitung

Die Waldsteinsonate
Fünf Novellen

Die Selbstverbrennung
Roman

Das Konzert
Novelle

Tagebuch eines Melancholikers
Aufzeichnungen der Monate Dezember 1981 bis November 1982

Die Ermüdung
Novelle

Vom Werden der Vernunft
und andere Stücke fürs Theater

Die Stechpalme
Novelle

Schnitzlers Würgeengel
Vier Novellen

Der Herr im Café
Drei Erzählungen

Eine andere Form des Glücks
Novelle

Die Bildungsreise
Novelle

Das Streichquartett
Novelle

Irrtum als Erkenntnis
Meine Realitätserfahrung als Schriftsteller

Gesammelte Novellen
in zwei Bänden

Leptis Magna
Zwei Novellen

Der Wanderer
Novelle

Der Therapeut
Drei Novellen

Weitere Bände in der Süddeutsche Zeitung | Bibliothek

ISBN 978-3-86615-516-9
368 Seiten

ISBN 978-3-86615-517-6
392 Seiten

ISBN 978-3-86615-518-3
168 Seiten

ISBN 978-3-86615-519-0
424 Seiten